目次

本因坊殺人事件

プロローグ

黎明《れいめい》が進行する速度は速い。男は焦ってアクセルを踏みハンドルを切った。この坂を登りつめれば、そこが目的地だと聞いてはいたが、確信がないだけに、まだとてつもない距離があるように思えた。予定していた時間からは、すでに一時間近く遅れている。沼津市内で道を一本間違えたのがひびいた。指示されたとおり走ったつもりが、気がつくと国道1号線を静岡方面へ向かっていた。どうしてそういうことになったのか、覚えがない。Uターンして地図上のポイントに戻り誤りを発見するまでかなりの時間を空費《ロス》した。現在《いま》走っている道は間違っていないだろうかという不安が、その後も続いている。

間違いといえば、自分が人殺しをする情況そのものが何かの間違いであってくれればいい、と男は思った。しかしそのことはまぎれもない現実なのであって、もはやUターンは許されない。これが運命というものなのだ。いったん走りだしたら進む以外に道はない。そう自分に言い聞かせても、身内の底から湧《わ》いてくる恐怖心を消すことはできなかった。

急に視界が展《ひら》けた。登り坂が終わったところでとつぜん、道路は断崖《だんがい》上にあった。

「ここだ」

男は独り言を呟《つぶや》いて車を道路の右端に寄せ、ライトを点《つ》けたまま、降りた。車の往来はまったくないが、万一対向車があって事故でも発生しては一大事だ。

トランクを開けると失禁の臭気が鼻を衝《つ》いた。生温《なまぬる》い空気が暗がりの底に澱《よど》んでいる。その生温《なまあたた》かさがその物の生きていることを物語っていたが、しかし思ったとおり意識を回復することはないらしい。やはりこいつは死ぬしか途《みち》はなかったのだ、と、男は自分を納得させた。

手をつっこみ、その物を縛っていた縄をほどく。抱きかかえると、予想外の重さであった。男はガタガタと軀《からだ》が震え、全身の力が萎《な》えそうになるのを感じた。

「なむあみだぶつ、なむあみだぶつ……」

男は母親が死んだ時以来はじめての念仏を唱えた。日頃《ひごろ》信心とは無縁だが、その時にかぎり、念仏を唱えれば一切の罪障は赦されることを信じた。

向きを変えると、ガードレールの向こうには果てしない空間があった。白白明《しらしら》けの空は西へゆくほどに明るさが落ち、やがて陸地とも海とも判別できぬあたりに溶けこんでしまう。

男は目をつぶり、両腕の中の物を思いきり遠くへ抛《ほう》りだした。ふわっと全身が軽くなった瞬間、説明のしようがない衝撃が男の脳髄を襲った。それはたとえて言えば、一度だけ体験したことのある覚醒剤《かくせいざい》の作用にも似た、ほとんど〝快感〟と呼べるような感覚であった。その快感にとり憑《つ》かれはしまいかという予感めいたものが、男の心をよぎった。

「ズズッ、ズズッ……」という音が足元から響いて、最後に「ドサッ」と鈍い重量感のある音が届くまでかなりの間があった。男は断崖の底を覗《のぞ》きこもうと、ガードレールに身を乗り出しかけて、愕然《がくぜん》となった。

目の前の薄暗い海の上に小さな灯火を揺らせた漁船らしいものの影が漂っていた。


駐在所の増田巡査が通報を受けたのは、九月二十四日の午後二時を少し過ぎた頃のことであった。通報者は西浦で釣宿を経営し、自ら釣船を操る小松庄平という男だ。

「大瀬の先の断崖に、何ぞ捨てて行った者《もん》があるでよ、ちょっとお報《し》らせしとくべえと思ってよお」

電話の向こうから間の抜けた声で言った。

「捨てて行ったって、何を捨てたのかね」

「さあなあ、マズメの頃だったで、暗くてよく見えなかったが、えらい大きい物《もん》だったでよ」

「そりゃ、粗大ゴミずら。ゴミなら市役所か漁協の管轄だな」

「いや、それがどうもただのゴミでねえずらよ。お客さんの中にも見た人が居《お》って、あれは人間かもしれんと言うでよ、ちょっと気になったもんで……」

「人間？……」

増田巡査は驚いて、腰を浮かせた。

駿河湾の奥部に、伊豆半島が突出したところがある。その先端は細長く美しい岬を形成し、沼津港から西浦にかけての入江を台風や冬の季節風から守っている。この岬を『大瀬崎』と称《よ》び、この地方有数の観光名所でもある。西伊豆はこの岬までが穏やかだが、それ以南は達磨《だるま》山系の山塊が海岸線に迫り、きびしい断崖を連ねる。その断崖の上端を近年完全舗装された県道が走っている。小松庄平が〝投棄〟を見たという断崖は、大瀬崎の付け根付近から登って行った道路が最初に海岸線上に達する辺りだ。地名でいうと『静岡県沼津市西浦字大瀬』の最南端で、そのすぐ先は戸田《へだ》村との境界線である。戸田村は大仁《おおひと》署の管内で、じつに微妙なところでこの事件は沼津署の取扱いになる。

増田巡査はただちにバイクを駆って現場へ向かった。途中、小松と、庄平丸に乗っていた客たちも、それぞれ車で追随してきてくれた。客は仲間五人で、その内のひとりが船上で偶然崖の方を向いていて、小松とともに〝事件〟を目撃することになったという。

目撃した時刻は朝マズメ——つまり、魚の捕食行動が最も旺盛《おうせい》な夜明け頃であり、上空はかなり明るくなっていたとはいえ、伊豆半島西側の斜面はまだ薄闇《うすやみ》が立ちこめていた。そういう中で、小松と客は断崖の裾《すそ》あたりを黒い物体が滑落するのを見た。それが何であるかは判断できなかったが、反射的に物体が落ちてきたと思われる方向を見上げると、断崖上の道路に人の姿があり、周章《あわ》てたようにガードレールから離れ、駐《と》めてあった車に乗って現場を去るのが見えた。

その時、庄平丸は沖合一〇〇メートルあまりのところを、潮に乗ってゆっくり流れていた。したがって、落とされた物体や人物のディテールまでは見究《みきわ》めることはできなかったわけだが、投棄した人物の方でも、当初、庄平丸の出現に気付かなかったフシがある。投棄した直後気がついて、それで周章てて立ち去ったという印象を与えている。

その時すぐに警察への連絡を行なわなかった理由について、あとで小松と客たちは幾通りもの弁明をしている。そもそもその〝物体〟がまさか人間だとは思わなかった。丁度マズメの時刻で、しかも仕掛けを投入した直後のことでもあり、釣りの方に気を奪われた。いずれにしても、帰港してから報告すればいいと考えた、等等である。しかし最大の理由を言えば、その日にかぎって釣果がありすぎたのだ。その辺りは西伊豆でも数少ないイシダイの宝庫なのだが、それでもこれほど釣れたのはここ数年、珍しい。仕掛けを投入してまもなく第一号がヒットし、他の竿《さお》にもたて続けにアタリがきた。イシダイのファイトは猛烈で、釣り人とのあいだでかなり長いやりとりが闘われる。船上は大騒動になった。もはや、不審な投棄物など忘れ去られてしまったというわけである。午後、西風が吹きはじめ、帰港する段になって、ようやく客のひとりが思い出し、それで通報に及んだという。

現場はすぐ分かった。改修工事の際、そこの三〇メートル足らずの部分だけ、古いコンクリート製のガードレールを残した場所だったからである。

増田巡査はバイクを降り、ガードレールから半身を乗り出して崖《がけ》の底を覗《のぞ》き込んだ。崖は平均斜度にしておよそ七、八〇度はあろうか。海面からの高さは一〇〇メートルを下るまい。とにかく目の眩《くら》む高さである。その真下のいくぶん平坦になった草地の上に黒い〝物体〟が横たわっていた。

「あれだな」

と増田は言った。

他の連中も並んで、崖下を見下ろした。

「やっぱし、人間ずらよォ」

小松庄平が上ずった声を発した。増田は双眼鏡を目に当てて、しばらくして「男だな」と言った。

沼津署から応援の本隊が駆けつけたのは、それから一時間半後である。人数は二十人以上いたが、なにぶん場所が場所だけに救出作業は難航した。レスキューあがりの度胸のいいのがひとり、ワン・ピッチ四〇メートルの登山用ザイルを四本つなぎにして降下していったが、あとに続く者がいない。ガードレールから覗き込むだけならまだしも、そこへ降りてゆくとなると身の毛のよだつ高さだ。

絶壁を降りきった警官はすぐに物体にかけ寄り、かがみ込んだ。それから、のっそりと立ちあがると、崖の上を振り仰いで大きく手を振り、次に両腕を交差させて転落者がすでに死亡していることを示した。何か叫んでも潮風に吹き消されてしまう。ハンドトーキーを持たずに降りたことがくやまれた。

とにかく、転落者が死亡しているとなれば検証が必要だ。現場写真を撮影しなければならないし、遺留品の収集もしなければならない。やむなく、鑑識の二名と部長刑事がひとり、ザイルの先端を体に縛りつけて、順次、絶壁を下降することになった。

そんな状態で、遺体を収容し、捜査員四人を引きずり揚げ了えたのは午後五時すこし前であった。

被害者は四十歳前後、中肉中背の男で、頭髪や背広姿《スーツ》の感じから一見サラリーマン風だが、尖《とが》った頬骨《ほおぼね》や顎《あご》のあたりに、どことなくやくざっぽい鋭さがある。落下の際受けたと思われる擦過傷が、顔といわず手足といわず、剝《む》き出しの部分に無数に刻まれていて、そのすべてに生活反応があった。つまりそれは、被害者が転落時まで生きていたことを物語る。生きながら絶壁を突き落とされたのだ。

「ひでえことをしやがる」というのは全員の感想だった。

打撲痕《だぼくこん》と骨折は全身におよび、司法解剖の結果でも、毒物が検出されなかったという以外、直接の死因が全身打撲によるショック死か、頭蓋《ずがい》骨骨折による脳挫傷《のうざしよう》か、頸骨《けいこつ》骨折か、よく判らないような状態であった。

ただし、他の傷とあきらかに異なる痕跡《こんせき》が二個所に認められた。ひとつは後頭部の打撲痕で、これは皮膚の変色の様子などから推して少なくとも十二、三時間以上経過していると考えられた。もうひとつは両手首を縛ったロープの痕《あと》である。ロープは投棄直前に解かれたらしい。これらのことから、被害者は他の場所で襲われ、おそらく意識を失った状態で車で運ばれてきて投棄されたものと判断された。

被害者の身元を示すような物は何ひとつないと言ってよかった。洋服のネーム刺繡《ししゆう》はカミソリ様の刃物でズタズタに切られている。ネクタイも靴も脱がされ、むろん所持品などは抜き取られていた。顔面の損傷もひどく、人相からの身元割り出しには苦労しそうだ。

目撃者の供述もあいまいだった。たしかに現場の道路に人物と車を見てはいるものの、人物の性別すらはっきりしない。車の種類は乗用車であるという程度で、正確な形もボディカラーも分からなかった。とはいえ、その人物が事件に関わりのあることは間違いないし、おそらく犯人と断定していいだろう。

静岡県警は沼津署内に捜査本部を設置し、県下の各警察署に主要道路の検問を命じる一方、行方不明者等のリストをチェックした。しかし事件発生後すでに十時間を超え、容疑者の足取りを摑《つか》むことは不可能と思われ、当面、捜査の中心は被害者の身元洗い出しということに重点が置かれた。

また、殺しの手口からみて、暴力団がらみの事件であることも考えられ、暴力事犯担当者も捜査に参加することになった。

いずれにしても手掛りの少ない事件であるだけに、捜査はかなりの難航が予想されるのであった。

投了

1

なごり雨を降らせる雲が、羽田上空をゆっくり東へ移動してゆく。滑走路は濡《ぬ》れて、鈍く光っていた。

浦上彰夫は喫茶室の窓際に腰を据え、焦点の定まらない目で、離陸するジェット機のゆくえを追っていた。無念無想というほどのことではないが、こういうぼんやりした時間も、思考することが仕事のような人間にとっては必要だ。

浦上はいわゆる「碁打ち」である。東京棋院発行の〝囲碁年鑑〟には次のように記載されている。

八段　浦上彰夫——昭和27年9月10日生。北海道。38年瀬川九段に入門。

つまり十一歳で専門棋士の道に入った。以来十八年間、囲碁一筋の生活である。二十一歳で独立するまでの十年間は、瀬川九段の内弟子《でし》として過ごした。中学へも瀬川家から通った。囲碁に明け囲碁に暮れる毎日で、他の雑事が入り込む余地はなかった。周囲が呆《あき》れるほどの〝囲碁の虫〟であったから、浦上はそういう生活が苦になるどころか、碁盤に向かっていさえすれば機嫌がよかった。内弟子仲間の四人はすべて兄弟子で、映画やボーリングなど、それぞれに趣味があり、浦上を誘ったけれど、結局、その誰《だれ》ともそういう付き合いをしないまま終わった。師の瀬川九段の方がむしろ心配して、

「運動不足になるから、何かやった方がいいよ」

とすすめると、木刀を買ってきて庭で素振りを始めた。夜中でも眠気ざましに木刀を振る。

「えい、えい」と気合いを発するので、近所から苦情が出ることもあった。

そんな具合だから碁の上達も早く、十五歳で初段になってから五段までは毎年昇段というスピードだった。

「きみは若い頃の高村さんにそっくりだよ」

瀬川はよくそう言って目を細めた。高村というのは、現在の本因坊高村秀道のことで、瀬川にとって秀哉門下の弟弟子にあたる。浦上は密《ひそ》かに高村に私淑するものがあったから、そんなふうに言われるといっそう励みになった。

五段になってまもなく自活したが、周囲の目は「いずれは瀬川家を継ぐのだろう」と見て

いる。瀬川には礼子という、浦上より二つ歳下のひとり娘がいて、自然の成行きのようにこの二人は結ばれるに違いないと思われた。浦上自身、ある時期からそのことを意識しはじめたが、別段の抵抗はなかったし、三年前、瀬川から婚約の打診があった時もすなおに応じた。ただ、その時浦上は唯一の希望条件を出している。それは高村を媒酌人に頼むことだった。しかし高村は独身であるという理由でこの希望は叶《かな》えられなかった。

そのことは結果的に見て、かえってよかったのかもしれない。今期、「天棋戦」でリーグを七戦全勝で勝ち上がった浦上は、現在天棋位保持者である高村本因坊に七番勝負を挑《いど》むことになったのである。もし私的な関係があれば、何らかのこだわりがそこに生じたかもしれない。現にそれを裏付けるように、浦上は大敵・高村に対して三勝二敗と勝ち越し、カド番に追い込んでいる。

そして迎える天棋位挑戦《ちょうせん》手合第六局は、舞台を遠く宮城県鳴子温泉へ移し、九月二十五、六の両日行なわれることになった。

この日、二十四日は棋戦関係者が鳴子入りする。浦上を除く全員は朝の列車で出発した。当初、空路仙台まで行く予定だったのが、飛行機ぎらいの高村が東北線を利用したいと言い出し、それに観戦記者の近江俊介が同調したことから、なだれ現象的に全員が同行することになった。近江からその話を聴いたとき、浦上は「ぼくは飛行機で行きますよ」と断言した。

何となく意地を張りたい気分があった。近江はニヤニヤ笑い、「いよいよ武蔵の心境だな」と言った。どういう意味かよく分からなかったが、浦上は独立独歩の道をゆく武蔵との比喩《ひゆ》が、むしろ気に入った。


ゲートインの時間が迫って、そろそろ立ちあがろうかという頃、礼子がやってきた。

「ごめんなさい遅くなっちゃって。パパを大東新聞まで送ったの」

薄手のワンピースの上から、赤いコートを羽織った礼子は、息を弾ませて言った。駐車場から傘をささずに駆けてきたらしく、ほつれた髪に細かな露が無数に光っていた。

「無理に送りにこなくてもいいのに」

「ううん、今日は別。大事な対局ですもの」

腕時計をちらっと見て、「まだ大丈夫ね」と言いながら、向かい合う椅子《いす》に腰を下ろした。

「パパから、何かお話があった？」

「うん、一昨日《おととい》の晩」

「何ですって？」

「いつになるのかって言われましたよ」

「やあねえ、焦ってるみたいで……」

礼子は内心とは裏腹に、鼻白んだような風を装った。

一昨日の晩、浦上は瀬川とニューオータニのガーデンラウンジで落ち合った。大きなガラスの壁の向こうに滝が見える、その壁際の席に向き合って、しばらくだんまりが続いてから、

「堀田先生に仲人を頼もうと思うが、どうかね」

と、瀬川はひどく難しい顔で切り出した。堀田というのは葉山に住む大学教授で、愛棋家としても知られている。

「はあ、結構です」

浦上があっさり答えると、意外そうに、

「それでは、異存はないのかい」

「はあ」

「なんだ……」

拍子抜けしたように言い、それからおかしそうに肩を揺すって笑い出した。

「いつまで経《た》っても結婚する様子がないから、てっきり気移りでもしたかと思った」

「ひどいです」

浦上は本気で憤った。

「すまん、まあ、親バカに免じて許してくれよ。しかし、いつ頃の予定なんだ」

「まだはっきりとは決まっていません」

「それ見ろ、どうもあやふやでいかん」

また心配そうな顔に戻った。

「じつは、礼子さんと約束したのです」

「どんな約束だい」

「タイトルを取ったら結婚しようと……」

「ばかばかしい」

瀬川はしかし、堵《ほ》っとした様子だった。

「それならもう間近いな、今度こそ間違いないだろう」

「分かりません」

「ばか、そんな弱気じゃ、いつまで経ったってタイトルは取れんぞ。ここ一番という時は相手を殺すほどの気概でぶつかれ」

「はい、そうします」

最後は、浦上は従順な弟子の姿になった。しかし、その時の瀬川の言葉が、のちに現実のものになるとは、むろん思いもよらなかったのである。

霧のために出発便は軒なみ、いくぶん遅れぎみということであった。出発ロビーには湿った人いきれが澱んでいた。

混雑の中でふたりは牧野代議士に会った。牧野は三人の秘書に守られるようにして貴賓室から出てきたところだった。

「牧野のおじさま」

礼子が子どもっぽく呼びかけると、牧野は猪首《いくび》を捩《ね》じ向けて、満面に笑みを湛《たた》えた。

「よお、礼子ちゃん、浦上君も一緒か」

少しオーバーに、眩《まぶ》しそうな顔をしてみせた。

「ご無沙汰《ぶさた》しております」

礼子はあらためてきちんと挨拶《あいさつ》した。浦上も秘書たちも会釈を交わす。みんな見知った顔なのだ。牧野は瀬川九段の古い友人であると同時に、囲碁の弟子でもある。もちろんアマチュアだが五段の免状を持っており、キャリアだけからいえば、浦上の倍以上も長い。礼子が物心つく頃にはすでに瀬川の道場でわがもの顔に振舞っていたそうだから、とにかく古い。早くから「瀬川会」という一門の後援会組織を創《つく》り、自らその会長に任じて、何くれとなく面倒を見ている。幼くして母を亡くした礼子に対してはとくに優しく、礼子に「お土産《みや》のおじちゃま」と呼ばれるほどの慈しみようだった。長じてからも、礼子には幼時の記憶と甘えが定着していて、牧野に対して他人の目には少し子どもじみて映る口調で、ものを言った。

「そうか、浦上君はこれから鳴子だね」

さすがに後援会長だけあって、牧野は浦上の対局のことも知っていた。

「いよいよカド番だが、硬くならないで、いい碁を打ってきてくださいよ」

少し見上げるようにして、自分より背丈のある浦上の肩を叩《たた》いた。

「おじさまはどちらへ？」

礼子が訊《き》いた。

「わしは秋田の選挙区へ帰る。解散も間近いしね、そろそろ運動を始めないといけない」

秘書のひとりが「先生、時間ですから」と声をかけ、牧野は煩《うるさ》そうに頷《うなず》いた。

「じゃあ、必勝を祈ってますよ」

肉の厚い頑丈な掌《て》が、浦上の華奢《きゃしゃ》な掌を把《つか》んだ。浦上が礼を返した時には、牧野は広い背中を見せて歩きだしていた。三人の秘書が左右から寄り添い、代議士をガードして行った。

牧野が乗る秋田行の便から十分遅れて、仙台行が飛ぶ。

別れ際に礼子は、

「今度お見送りする時は、奥さんでいたいわ」

と言った。心なしか、大きな眸《ひとみ》が泪《なみだ》ぐんでいるように、浦上には見えた。

2

本因坊一行は、仙台駅から大東新聞社仙台支局さしまわしのハイヤー三台を連ねて、鳴子温泉へ向かっていた。

観戦記者の近江俊介は高村本因坊と同乗して、助手席にいる。後部席《リアシート》には高村と、大東新聞文芸部長の宮本がいた。

近江は元来、フリーの囲碁ライターだが、天棋戦の創設と同時に大東新聞社に請《こ》われて嘱託となるとともに、天棋戦シリーズの観戦記を書くことになった。根っからの碁キチで、大学時代、主将を務め、全国大会の準優勝まで行ったことのある男だ。

車は仙台の市街地を出外《はず》れると東北自動車道に乗り入れ、古川まで北上して、そこから国道47号線を走る。ササニシキで有名な穀倉地帯もここ辺りまでが限界で、やがて、奥羽山系の山襞《やまひだ》が眼前に迫ってきた。

「鳴子は思い出の地、なのです」

寡黙なはずの高村が、ふいに、ポツンと呟くように言った。

「ほう、どういった思い出ですか」

近江はすぐに反応して、バックミラーの中の高村に問いかけた。凸状に湾曲したミラーの中で、高村の矮軀《わいく》はいっそう小さく見える。服装はいつもどおり、紋付羽織袴《はかま》だ。対局のある日は判で押したように、この姿で現われる。その点は、兄弟子である瀬川も同じで、公式の席にはつねにこの〝正装〟で臨んだ。ふたりを見ると、近江はいつも、川端康成の著作『名人』に描かれている、家元制度最後の名人・本因坊秀哉を想起する。昭和の囲碁史も戦後三十数年を経て、家元制度の名残りなど疾《と》うに消え失せてしまったはずだが、瀬川や高村の中に、その精神は、ただの形態としてでなく、血肉となって脈脈と流れているような気がするのだ。

「初恋と言って、いいのかな」

高村はケロリと言ってのけた。

「へえっ……」

近江は思わず振り向いて、本因坊の顔をまじまじ、眺めた。

すでに初老を越えた高村は、直情径行の人として知られている。中には〝狷介《けんかい》〟ときらう者もある。信じがたいほど世間のことに疎《うと》く、囲碁一筋のような高村の口から初恋談義がこぼれ出るとは、意外でもあり、興味を惹《ひ》かれた。

「もう、四十年の余になりますかな」

「すると、十五、六歳の頃ですか」

「そう、旧制中学の三年から四年にかけてですから、そういうことになりますかね」

「ご出身なのですか、鳴子は」

「いや、わたしは東京の産ですよ。鳴子へは湯治で来ました。慢性の胃病に罹《かか》りましてね、夏休みと冬休みと、翌年の夏と三回、親父《おやじ》の知己《しりあい》の宿に厄介になったのです」

「そこで、初恋ですか」

「はは、カビの生えたような話です」

本因坊は含羞《はにか》んだ笑いを洩《も》らして、窓の外に視線を向けた。車は鳴子の街にさしかかろうとしている。四十余年の歳月を隔てては、温泉町の風景の中に昔日の面影を偲《しの》ぶよすがもないだろうが、高村は懐旧の想いを娯しむように、目を細めて、流れ去る風景を追い続けた。

〝いい話〟を聴いた、と近江は心が躍った。スクープとまではいかないにしても、こういう〝こぼれ談《ばなし》〟めいたものを貯えておき、折にふれて小出しに使うと、観戦記にしろ随想にしろ、いきいきとしてくる。近江の文章が概して好評なのは、そういった〝余話〟の豊富さからきていた。

東京を早発《だ》ちしてきたので、鳴子のロイヤルホテルには、午後二時を少し回った頃には到着した。ホテルは地上五階、外装はくすんだ緑色のタイルをレンガ模様に貼《は》りつめた、モダンな感じのする建物だ。門の脇《わき》に大きな看板を立て『天棋戦御一行様』と大書してある。設営隊である仙台支局の連中や地元ファンが玄関先に出迎えた。かなりの人数で、町の有力者などもども顔を見せているということであった。人びとは東北人特有の気恥かしさと朴訥《ぼくとつ》な気負いのないまざった、固い笑顔で、入れ代わり立ち代わり高村に握手を求めた。

高村本因坊はじつに愛想よく、人びとの歓迎に応《こた》えた。ひとりひとり、慇懃《いんぎん》に腰をかがめる。そういう高村を見ると、近江はつくづく、可愛《かわい》い人だなあ——と思う。個人的にいえば、若い挑戦者の浦上八段と親しい近江だが、一方に、高村の敗北を見たくないという気持もあった。

本因坊高村秀道は大正生まれを代表する棋士として、昭和の、それも戦後に生まれた若手によって席巻されつつある棋界にあって、いまなお、孤高を保っている。すでに三期連続、本因坊位にあり、昨年は、現在名人位にある中尾九段から天棋位を奪取して、古くからの囲碁ファンの溜飲《りゅういん》を下げた。近江は昭和二ケタの生まれだが、格調の高い高村の芸に惚《ほ》れこんでいるし、それに、旧世代最後の孤塁を死守する姿に男のロマンを求めるファンのひとりでもあった。そんなわけで、今期の天棋戦には、両対局者とも負けさせたくない、複雑な感懐が終始、つきまとった。

浦上は本因坊一行より二時間あまり遅れて到着した。単独行だったし、紺色のスリーピース姿はちょっと見にはありきたりのサラリーマンと見分けがつかない格好だから、本因坊を迎えた時のような騒ぎにはならなかった。

浦上が玄関先の沓脱《くつぬぎ》でスリッパに履き替えているところへ、折よく、エレベーターから近江が現われた。

「やあ、お疲れさん」

「どうも、遅くなっちゃって」

「礼子さん、送ってくれた？」

近江は察しがいい。浦上はそれには答えずに、

「高村先生、どこです？ ちょっと挨拶《あいさつ》したいのだけど」

「そりゃお固いこと、と言いたいが、本因坊は留守だよ。着いて早々、散歩に出掛けられた」

「散歩ですか、余裕だなあ」

「なに、ちょっとばかしワケありでね、懐旧の情おさえがたしというところらしい」

「なんです、それ」

「まあ、それよりとにかく、部屋へ案内するよ」

浦上の部屋へ落ち着いてから、近江は高村の〝初恋談義〟を話して聴かせた。

「その時の湯治宿というのが、この近くにあるらしくてね、初恋の君の消息などを求めてさまよい出られた」

「へえ、あの高村先生がねえ……」

浦上はひどく感動した。木仏、金仏のような高村にも、まぎれもなく青春があったということが、新鮮なおどろきであった。人の過去には、現在の姿からは想像もできない、さまざまな物語《ストーリー》が隠されているのだと、いまさらのように想った。

「そうですか、鳴子は思い出の地ですか」

「おいおい、ラブロマンスを聴いて、闘志を喪《うしな》ったんじゃないだろうね」

「ばかばかしい」

浦上は近江を睨《にら》んだ。

「僕は勝ちますよ、そのために鳴子へ来たのですから」

「うん、その言たるやよし、だな」

近江は満足気に笑った。

その日の晩餐《ばんさん》は地元有志主催の歓迎会というかたちで、大広間に盛大に膳《ぜん》を連ねてということになった。開会直前に帰ってきた高村は上機嫌で、名士の挨拶やら棋院を代表する立合人の貝沼九段の答礼の挨拶などのあいだも、終始、にこやかなポーズを崩さなかった。よほどいい収穫があったに違いない、と近江は高村の〝散歩〟の成果を訊きたかったのだが、結局そのチャンスがないまま宴は散会し、高村も浦上もさっさと自室へ引き揚げてしまった。

3

九月二十五日、天棋戦第六局は定刻の午前九時に対局が開始されている。

対局場には、このホテル自慢の数奇屋風離れにある特別室〝雲竜の間〟が当てられた。十六畳の主室と八畳の次の間をブチ抜きに使い、正面の床の間を背にして天棋位保持者である高村秀道本因坊、対する下座に挑戦者の浦上彰夫八段、向かって左側の壁と平行に長い文机を二脚連ねて、立合人の貝沼英次九段、観戦記者の近江俊介、記録係の新宮友雄三段といった正規のメンバーがそれぞれ座を占めた。

雪見障子を開けはなった縁先には報道陣のカメラが待機している。

時刻がくると、貝沼九段が威儀を正して対局開始を宣した。

「これより、天棋位挑戦手合第六局を開始いたします。先番は浦上八段です。ではお始めください」

両対局者が深ぶかと一礼を交わす。ニュース取材のビデオカメラが回り、フラッシュがあわただしく光った。その中で、新宮三段の華奢な指が手合時計のボタンを押した。新宮は今年二十歳《はたち》になったばかりの、まだ少年の面差しを残す若者である。きまじめな性格らしく、正面からカメラの放列を浴びて、頰を紅潮させていた。

浦上が第一着手の黒石を盤上に置くまで、六分を経過した。その間、両対局者は正座し、盤上に視線を落とし気息を整える。その様子はどことなく相撲の仕切りに似ていないこともない。

報道陣は浦上の第一着手を待って、潮の引くように対局場を去って行った。

ざわめきが遠ざかると、新たな緊張が生まれた。次の間には大東新聞の宮木文芸部長と棋院関係者が二人、ひっそりと観戦している。しわぶきひとつする者もない。近江を除く全員がいぜん、正座を続けていた。近江は堪《こら》え性がなく、最初から胡座《あぐら》だ。もっとも、囲碁の対局においては胡座も正座のうちとされているから、別段、非礼にはあたらない。対局者が正座でいることにはむろん〝礼〟の意識もあるが、それ以上に、自らの戦意を昂揚《こうよう》させる狙《ねら》いの方が強い。盤上三百六十一路の空間を周囲から隔絶した宇宙と認識し、そこに没入しきろうと努める。

この日、高村は例によって紋付袴の正装である。いまどき、羽織袴は珍しい、まして紋付となるとアナクロニズムの感じがつよい。ところが、高村がその姿で盤に向かうと、まるで一幅の活人画だ。そこにそうしているだけで、いざ闘わんの気が惻惻《そくそく》と伝わってくる。対戦相手はもちろん、盤側《ばんそく》にいる者すべての気持がピリリと引き緊まる。

近江は観戦メモの第一頁《ページ》に「時計ばかりがコチコチと」と、古い軍歌の一節を書いた。白番・高村の第一着手には十五分の考慮時間が記録された。一手進むごとに新宮三段の指が時計のボタンを押し、碁罫紙《けいし》の上に打たれた石の位置と、その手に要した考慮時間を書き込んでゆく。

正午近く、対局室の澱んだ空気をゆらめかして、瀬川謙一九段が現われた。棋院の常務理事の登場に、在室の者は一様に敬意を表した。正面の高村は目聡《めざと》く瀬川に気付き「やあ」と会釈したが、後ろ向きの浦上は盤上に気をとられていた。

局面は布石から中盤へ向かおうとする難所で、浦上が長考に入っている。左上スミの白に対して〝ナダレ〟と称《よ》ばれる長手順の定石《じょうせき》を選ぶべきかどうか、浦上は迷っていた。

「浦上さん、どうでしょう」

高村が、遠慮ぶかく声をひそめて言った。

「少し早いけれど、この辺で昼食にしませんか。貝沼先生、いかがでしょう」

　立合人の貝沼にも問いかけた。

「そうですね、そうしましょう」

　貝沼はチラッと腕時計を見て了解した。

「では」と両対局者は礼を交わし、高村は「よっこらしょ」と、じじむさい仕草で立ちあがった。

　その時になってようやく、浦上は背後に瀬川のいることに気付き小さく目礼を送った。それ以上の親しみを師匠に対して示さなかったのは、高村への遠慮からである。瀬川もほとんど無視ともとれるさりげなさで、それに応えた。しかし、ほんの一瞬ではあったが、瀬川が自分に送った視線の中にこもる、かぎりなく優しい色を、浦上は見てとった。それはすでに単なる弟子に対する師としてのものではなく、父親の情感をはっきりと湛えていた。

　高村と瀬川は連れ立って対局室を出て行った。どちらからともなく、一緒にメシを食おうという了解が成立したようであった。瀬川も羽織袴である。先年物故した森田九段とともに「大正三羽烏」と謳《うた》われたこのふたりには、旧《ふる》き良き時代の、精神主義に根ざした棋士像が感じられる。秀哉名人の門下で現役といえば、もはや瀬川、高村のふたりだけである。そのうち、瀬川は現役とは名ばかり、棋戦の勝率はきわめて低い。各種トーナメントでは早い段階で敗退するし、したがって、リーグ戦参入のチャンスもここ数年、まったくなかった。もっとも、逆な見方をすれば、それだからこそ棋院常務理事という繁忙な公務が務まるともいえた。ともあれ、古くからの囲碁ファンがことさら高村本因坊・天棋の活躍に声援を送るのは、秀哉名人の衣鉢《いはつ》を継ぐ者への郷愁《ノスタルジー》でもある。

瀬川と高村以外の者たちは隣室で昼食を摂ることになった。近江と浦上はホテル特製の手打ちそばを二枚ずつ平らげ、そのあと、下駄をひっかけて庭へ出てみた。築山の頂上に立つと木立ちを透かして街並が見える。ふたりは並んで、その風景を眺めた。

鳴子温泉郷は古くから「玉造八湯」として名産のこけしとともに全国的に知られた名湯である。国鉄陸羽東線と北羽前街道（国道47号線）沿いに、川渡《かわたび》、東鳴子、鳴子、吹上、中山平、鬼首《おにこうべ》など、湯量の豊富な温泉群が点在するその総称が「鳴子温泉郷」だ。鳴子《なるこ》（国鉄駅名は〝なるご〟）は地理的にもそれらの中心に位置し、最も繁華でもある。芭蕉が奥の細道に遺した「蚤虱《のみしらみ》馬の尿《しと》する枕《まくら》もと」の句で有名な尿前《しとまえ》の関にも近い。渓谷美で知られる鳴子峡に連なる川筋に拓《ひら》けた町だから、当然のこととして、急斜面の山脈《やまなみ》が左右に迫っている。

「寂しげな街だなあ……」

ぽつん、と浦上が呟いた。

「そうかなあ、結構、賑《にぎ》やかそうじゃないの」

「いや、寂しいですよ」

浦上は断定的に言った。そういう譲らないところが、この男にはある。それを好もしいと思わなければ、親交は結べない。

「高村先生の初恋の頃は、もっと寂しかったのでしょうね」

「なんだい……」

近江は呆れ顔を浦上に向けた。

「そんなこと考えていたの、それよか、すこしは碁のことでも心配しなさいよ」

とたんに、浦上はきびしい眸を見せた。

「心配？　何を、ですか」

すさまじい自信が、近江を苦笑させた。このぶんなら負けそうもない、と思った。

もう少しここに居るという浦上を残して近江は離れへ戻った。すると、人気《ひとけ》がないと見えた対局室に、高村だけがつくねんと座っている。

「お早いですね」

沓脱《くつぬぎ》から縁側へあがって声をかけると、高村は黙って頷いた。

（おや？）と瞬間、近江は高村の様子を訝《いぶか》った。先刻まではうってかわった、あきらかな屈託が感じられた。眉根《まゆね》を寄せて盤面をみつめているが、碁のことを考えているのとは異なる憂鬱《ゆううつ》なものの気配があった。

ずいぶん長いこと遠慮してから、近江は思いきって声をかけた。

「何かあったのですか」

「ん？」

高村は視線を移した。

「あ、近江さん」

かすかに、救われた眸の色になった。それからかなり逡巡《しゅんじゅん》したあげく、

「近江さん、じつは、天棋戦のことですけれどね……」

言いかけて止め、「いや、またにしよう」と呟き、しかし、と思い返す様子を見せた。その時、貝沼九段を先頭に、関係者が入室してきた。高村は口をつぐみ、元の姿勢にかえった。逆光で見る横顔に、近江はわけもなく不安を抱いた。

再開後まもなく、浦上は左上スミ、白の下ツケに対してオサエを打った。前述した〝ナダレ定石〟を避けたことになる。こう打てば白はヒク一手である。囲碁には、初心者でもそう打つし名人でもそう打つという、いわば決まりきったような形のところがあって、ここはまさにその典型というべき例だ。

ところが、ここで高村の手が停《と》まった。十分、二十分──、高村は動こうとしない。近江にはその長考の意味が理解できなかった。近江といえどもアマチュア五段の免状を持つ〝打ち手〟である。しかも永年の囲碁ライター生活《ぐらし》を通じて、さまざまな対局に立ち合ってきた。プロ棋士の思考の深さにはむろん及ばないが、打ち出される手の意味は理解できる。盤中盤外のかけひきも幾つも見た。それにしても、かなり分かりきったようなところで時間を浪費する理由はまったく思いつかない。

近江を除くメンバーは全員、無表情に盤面に視線を集めている。いらだちを面に表わすような非礼は、もちろん誰も見せない。碁会所などで、ものの五、六分も考えこもうものなら、「下手《へた》の考え休むに似たり」とか、あげくには「眠っちゃったのかよ」などと罵声《ばせい》を浴びせるのと比較するわけにはいかないが、正直なところ、近江は本気で本因坊が眠っているのではないかと思ったほどだった。

しかし、高村の眸は炯炯《けいけい》と光っていた。瘦身《そうしん》をすこし前かがみにして、やや窪《くぼ》んだ眼窩《がんか》の底から盤上を睨んでいる。膝《ひざ》の上に置かれた右手には白扇が握られていて、時折、思い出したように、パチンと鋭い音を立てた。かたく閉じられた口許《くちもと》には、怕《こわ》いほどの緊張感が顕《あら》われていて、頭脳がすさまじい勢いで全回転《フル》していることを思わせる。だが近江は、高村の双眸《そうぼう》が盤上に向けられているほどには、思考の行方《ゆくえ》がそこに集中していないことを見てとった。

あきらかに高村は、別の次元のことにとらわれている。

ふいに、高村が首をひねって眼の端で近江を見た。近江はどきっとした。ほんのわずかのあいだだったが、高村は微笑《わら》ったように見えた。それから何か決心がついたように姿勢をあらため、さらに長考を加えてから石を打った。それは予想にたがわず、平凡な定石の示すとおりの一手でしかなかった。

新宮三段が棋譜に消費時間を「91」と書き込むのを覗き見して、近江は唖然《あぜん》とした。規定の持ち時間九時間のうち、なんと一時間半もの長考を、このばかげた一手のために費やしたことになる。こんな無駄づかいをしては、最後には自分の首を絞める結果になりかねない。

しかも、高村の変調はそれでやんだわけではなかった。その後の着手には不自然な時間の使い方が続いた。最前のような大長考こそないが、ほとんどノータイムで打てそうな個所で、無為としか考えられない時間を空費した。かと思うと、ここは一番、褌《ふんどし》を締め直して熟慮する必要がありそうだと見た難しい一手を、いとも無造作に打ってしまう。時間をまったく無視しているのかと思うと、かならずしもそうではないらしい。ときどき膝元に置いた腕時計に視線を走らせるのが分かった。高村の考えが読み取れず、近江は心配のあまりキリキリと胃の腑《ふ》が痛んだ。

しかし、それにもかかわらず、第一日目は双方に失着も緩手もないみごとな進行のうちに打ち掛け（中断）定刻の午後五時を迎えた。手番は黒の浦上にあった。打ち掛け時に手番の者は、次の一手を用紙に書き、密封して立合人に預け、立合人はこれを厳重に保管する。この行為を〝封じ手〟という。

「時間ですので、浦上先生、次の手を封じてください」

新宮三段の少年っぽい声に、浦上は「はい」と小声で応じた。

「では、私はこれで」

高村は一礼すると、大儀そうに立ちあがった。封じ手を考慮する相手に付き合う必要はないのだが、いままでの例からすると、高村はいつも律儀に最後までお付き合いするか、相手が気兼ねして「どうぞお先に」と言うまでは席を立たないのがふつうだ。

（やはり本因坊はどうかしている）と、近江はまだぞろ、高村の変調が気になった。

局面はやや難解で、浦上の封じ手までには時間がかかりそうな気配だった。近江はしばらく待ってからそっと対局室を抜け出した。

離れと本館を結ぶ長い渡り廊下をゆくと、本館の二階にあたるフロアに出る。そこに宴会用の広間を半分に仕切った棋戦関係者の控室が用意されていた。広間の半分といっても畳数にすれば五、六十畳はある。そこの真ん中に碁盤が据えられ、進行中の棋譜が盤上に再現されている。これを〝継ぎ盤〟と称び、その周囲を二重三重に人がかこっていた。地元在住の〝地方棋士〟や、中にはいつのまに現われたのか、東京にいるはずの若手棋士の顔もまじっている。その連中と声を交わしていると、リーダー格の瀬川九段が近江の顔と腕時計を見較べて、「封じ手は浦上君だね」と言った。

「ええ、六十三手目を考慮中です」

「そう、難しそうなところだから、長くなるかもしれないね」

それから瀬川は立ってきて、人の輪からすこしはずれた位置へ近江を誘い、顔を寄せるようにして、「本因坊はどうしてる」と訊いた。

「お部屋へ戻られましたよ」

「あ、そう……」

それだけであった。近江は継ぎ盤の方を指さして、尋ねた。

「優劣はどうなのでしょう」

「形勢は不明だが、白の方がいくぶん手厚く打っているのじゃないかな。本因坊は好調のようだ」

愛弟子《まなでし》への想いは想いとして、専門家らしい冷徹な目はたしかだ。

「ぼくはどうも、高村先生の変調が気になって仕方がないんですがねえ」

「変調？　そんなことはあるまい」

瀬川は眉《まゆ》をひそめ、横目で近江を見た。

「変調どころか、ずいぶんしっかり打っている」

「いえ、変調とは、時間の使い方なんかのことを言っているのです」

近江は高村の考慮時間の取り方について感じた疑問を説明した。広間では考慮時間についてては窺《うかが》い知ることができないのだ。

「どうも軽率な気がして、その内、ポカでも打ちそうで、心配です」

「ふうん、そりゃ、確かに、妙だな……」

瀬川は上目遣いに宙をみつめて、しきりに首をひねった。

まもなく浦上の封じ手が終わったという報告がもたらされ、近江は対局室へ戻った。浦上は近江を見ると、上気した顔で大きく伸びをしてから、「ああ、お腹《なか》が空いた」と無邪気に言って、周囲を笑わせた。

夕食の席に本因坊は顔を見せなかった。浦上の方は会食に加わって、無駄ばなしにも屈託なく付き合っている。自室で食事を摂ることは自由だからそのことはいいのだけれど、近江はなんとなく気になって係の女性に訊くと、高村先生は外出された、という。

「ハイヤーを呼びなさって、どこかさ出掛けられました」

「ハイヤーで、ね……」

だとすれば、気軽な散策というわけでもないらしい。近江は本因坊の行先が妙に気にかかってならなかった。

4

対局二日目の朝、近江の懸念をよそに、高村本因坊はいつもどおりの様子で、定刻よりもかなり早目に対局室に現われた。

「昨夜は、お出掛けだったそうですね」

近江は訊いた。

「そう、ちょっとね」

「どちらまで」

「いや、つまらん所ですよ」

高村は少し微笑を浮かべたように見えたが、周囲を気にしてか会話はそれ以上進展しなかった。

定刻――、封じ手が開かれ、対局は再開された。

二日目も、高村の〝変調〟は続いていた。相変わらず時間の使い方がチグハグで、かなり難解な一手をノータイムで打つかと思えば、平凡な着手に時間を費やす。

（どうしたのか――）と、観ている近江の方が気が気ではない。この一戦、瀬戸際に立つ高村には、慎重の上にも慎重に打ってもらいたかった。勝敗の帰趨《きすう》はいずれ決することだから、どちらに転ぼうととやかく言う筋合いのものではない。近江が惧《おそ》れるのは、愚にもつかぬ失着の結果として勝敗が岐《わか》れることだ。名棋譜を――と望むのは、観戦記を書く者とて同じ想いなのである。

勝敗が決まる二日目、それもひょっとすると天棋位の交代もありうるということから、広間の方には昨日を上回る人数が詰めかけている。継ぎ盤の周囲では両対局者の一手ごとに熱心な討論が交わされた。近江は時折、広間を覗いては、局勢の状況判断を確かめた。

優劣不明の戦況がえんえん、続いた。そして百十四手目、本因坊は不用意な緩着を打ち、局勢は一気に、黒に傾いた。その一手を高村はやはりノータイムで打っている。近江の危惧《きぐ》が、ついに現実のものとなった。そこはいわゆる〝手の広い局面〟であって、いくら考えても考え過ぎということのないほど重要な場面であったから、当然、高村の長考が予測されたのだった。持ち時間はまだ充分、残っている。それにもかかわらず、高村は苦吟の色を見せながら、まるで何かにせかされるように、石を下ろしてしまった。軽率としか言いようのないポカであった。

さすがに高村自身、打った瞬間、その失着に気付いたらしく、はじめてあからさまな渋面を作った。しかし〝変調〟がそれで熄《や》んだわけではなく、その直後に浦上が放った強烈な手段に対しても、あまり考えようとしないで応じている。

「オワ、だね」

広間では、口の悪いことで有名な若手の八段が、がっかりしたように宣告した。「オワ」とはつまり〝終り〟の意味である。この碁の勝敗はもはや見究めがついた、と言っている。

「いい碁だったのにな……」と、過去形で惜しんだ。継ぎ盤の周囲には十数人が詰めかけていたが、異論を唱える者もなく、重苦しい雰囲気に包まれた。

「六分四分で、浦上乗り」というのが戦前の予想だったし、十三もあるタイトルの内の一つでチャンピオンの交代劇があったとしても、とりたてて騒ぐほどのことはないかもしれない。しかしそれが高村本因坊であるというところで、若干、意味合いが違ってくる。高村はいわば、旧世代最後の砦《とりで》のような存在だ。そして、すでに峠を過ぎた棋士であることも周知の事実である。二つのタイトルを保持していたこと自体、奇蹟《きせき》に近い。事実、過去の棋戦においても、高村はしばしば、大方の予想を覆してタイトルを守ってきた。

その高村本因坊がいま、一つのタイトルを失おうとしている。それも負けっぷりがよくない。控室では考慮時間のことまで正確に把握できないから、高村のポカがどのようにして生まれたか、その背景を斟酌《しんしゃく》しないで、単純に一手の価値を評価する。そういう見方をすれば、高村のポカには救いがなかった。

梟雄《きょうゆう》、老いたり——

本来の高村の強腕を知る者は誰しも、そういう感慨にとらわれた。

しかし、当然、早い時期に投了するかと思われた高村が、意外な粘りを見せた。すでに頽《たい》勢《せい》のはっきりした碁をいつまでも打ち続けるようなことは、高村の主義に反するはずであった。「碁は美学なり」というのが高村の持論だ。そのデンでいけば、例の失着を打った時点で潔く投了するのが、美しい。

夕刻、近江は広間に顔を出した。

「投了、ですか？」

例の八段が、声をかけた。

「まだ……」

近江は憮《ぶ》然《ぜん》と、答えた。やはり控室の評判もそういうことになっていたのか——。

「近江君、ちょっと……」

窓際で、瀬川がさし招いた。

「高村さんは、相変わらずかね」

「ええ、いぜん変調です」

「時間が？」

「ええ」

「そう……」

瀬川は何かを模索するような眼になって、部屋を出ていった。

夕食休憩を取らずに打ち続け、午後六時十分、高村本因坊はついに、投了した。

「カメラの人、呼んでください」と言い、それから静かに「ありません」と、頭を下げた。

凄惨《せいさん》な疲労感が顔の膚《はだ》に滲《にじ》んでいた。ところが、近江には高村の表情に敗戦の苦渋がなく、むしろひとつの仕事をやり了えたという満足感があるようにさえ思えた。

「浦上さん、おめでとう」

本因坊は微笑《ほほえ》んで、言った。浦上は黙って深ぶかとお辞儀をした。その情景を狙ってカメラがいそがしく、フラッシュを焚《た》いた。

広間にいた連中のほとんどが対局室に詰めかけている。高村は座椅子の背凭《せもた》れに軀《からだ》を反らせて、幾層にも重なった人垣の一角に視点を定めた。

「瀬川先生、おたくのお弟子は強いです。これでわたしも、思い残すことはない」

視線の先で、瀬川は一瞬、たじろぐような表情を浮かべたが、すぐに朗らかな声を作って応酬した。

「そんな弱気そうなことを言って、どうせまた来年、取り返すのでしょうが」

好意的な笑いが沸《わ》き、本因坊も苦笑した。

それから局後の検討が始まったが、いつもほど、話題が沸騰しない。高村への遠慮もあるし、夕食の時刻も気になった。一時間足らずでひとまず検討を中止し、膳の並んだ広間の方へ席を移した。

両対局者はそれぞれ自室へ引き揚げ、休息も食事も、思い思いにすることになっていた。

ふつう、対局の終了は深更におよぶことが多い。この日は食事を済ませてからもなお、もて余すほどの時間がある。報道関係の連中は、ビールを酌み交わしながら、早くも麻雀《マージャン》のメンバーを組みはじめていた。

「近江さん、軽く、いかがです」

仙台支局員がパイを抓《つま》む手付きをしたが、まだ碁の検討が完了していないから、職務上、仲間に入るわけにはいかない。

「だめですよ、商売商売……」

近江は心底、残念そうに笑ってみせた。

5

エレベーターを降りて、高村は腕時計を見た。七時五十分――。まだ少し早いが、棋戦の関係者がウロつかない内にホテルを抜け出した方がいい。閑散としたロビーを足早につっ切って行き、その足を停めずにフロントに鍵《キー》を預けた。フロント係が小さく会釈を送って寄越したのにも気付かなかった。

沓脱の上に立つと、初老の下足係がよく心得ていて、すぐに草履を運んできた。

「ありがとう」

「いってらっしゃいませ」

その声を背後に聞いて、高村は玄関を出た。星は出ているが、月は山の端の陰にあるらしい。門灯から離れるにつれて、高村の黒っぽい服装は闇《やみ》に紛れた。そこまできて、高村は立ち停まり、袂《たもと》から煙草《たばこ》を取り出して火を点《つ》けた。最初の一服を吸い終わるのとほとんど同時に、ホテルの東側の角をヘッドライトが曲がってくるのが見えた。光芒《こうぼう》に直射されて高村はわずかに顔をそむけた。車はスピードを落としながら近づき、ウインカーを点滅させて高村の手前で停まり、すぐに運転手が降りてきた。

「先生ですか、お迎えにきました」

「ああ」

高村は運転手が開けてくれたドアを潜り、後部座席《リアシート》に深ぶかと腰を下ろした。

鉛のような疲労感があった。車がスタートする時の、シートの背凭れに沈み込むような感覚が、平均走行に移ってからもそのまま続いていた。

「大分《でえぶん》、疲れていなさるようで……」

運転手はしきりに話のきっかけをつかもうとする様子だったが、高村は物憂く「うん」とだけ答え、目を閉じた。その瞬間、かすかな違和感が頭の中をよぎったような気がしたけれど、じきに、とりとめのない瞑想《めいそう》にまぎれていった。

どれほどの時間が経過しただろう。高村は姿勢を少し変えようとして、シートに右手をつき、尻《しり》の位置をずらした。

その時、シートと背凭れの隙間《すきま》の辺りで指先に触れる物があった。高村はなんの気なしにそれを拾い、掌《てのひら》の中でまさぐった。平たい形をしたライターであった。マッチ箱ほどの面積で、厚さは三分の一ほど。ごく珍しいタイプだ。暗がりでよくは見えないが、何か、彫り文字のネームのようなものが入っている。点火装置は肩の部分を押さえるのではなく、平たい面の右上の突起を下へスライドさせる仕組みらしい。高村は試みにその操作をした。予期していたより大きい炎が点いた。

その瞬間、高村は愕然《がくぜん》とした。

火はすぐに消されたが、高村は一瞬の裡《うち》にすべてを察知した。本能的な恐怖が背筋を奔《はし》った。

「ちょっと停めてくれ」

「は？」

運転手は訝りながらも、車を停めた。

「わたしは、ここで降りる」

「えっ？」

愕《おどろ》くのを尻目に、高村はドアを開けて外へ出た。

「どうなさったのです、こんな山の中で……」

運転手は周章《あわ》てふためいて、窓から叫んだ。

「ここから帰るから、あんた、行ってくれ」

「冗談でねえですよ、そんたらことされたら憤《おこ》られますで」

「いいから行きなさい」

高村は歩きだした。運転手は車から飛び出して追い縋《すが》りながら、

「理由《わけ》を言ってくだせえな、何か気に入らねえことでもあったのですか」

「別にないが、とにかく、帰る」

「それなば、ホテルさお送りしますで」

「いいんだ、歩いて帰るから」

「なんてこった……」

運転手は追うのをやめた。よほど癪《しゃく》にさわったに違いない。「勝手にしろ」と小さく呟き、

「わたしの責任じゃねえですから」と背後から大声を浴びせた。

高村は振り返りもせず、一心に歩いた。諦《あきら》めにも似た、死の予感があった。


九時少し過ぎ、浦上がカーディガン姿で広間に現われた。碁の検討はまだ続いていたが、若手棋士の根気のよさとは対照的に、近江はいいかげん倦《う》んでいた。

「近江さん、バーへ行ってみませんか、昨日見ておいたのだけど、割といい酒があるらしい」

「いいね、僕も浦さんを誘おうと思っていたところだ」

ロビーの脇にちょっと洒落《しゃれ》た造りのバーがあって、鄙《ひな》には稀《まれ》というべき、けっこう高級なスコッチが並んでいるのを、近江は目聡《めざと》く確かめてある。ウマが合うというのは、こんな場

合にも通じるところがあるらしい、と、ふたりは目線を交錯させてニヤニヤ笑った。

バーには他に客はなかった。ふたりともブランデーを注文した。

「天棋位、おめでとう」

「どうも」

グラスを触れ合って、液体を温めながら、近江はひと言、付け加えた。

「しかし、今日の本因坊はいささか変調だったたね」

「そんなことはないでしょう。高村先生、かなり鋭く打たれて、あの失着が出るまで、勝てそうな気がしなかった」

「いや、別に浦さんの勝利にケチをつけようとは思わないけれどさ」

近江は瀬川に話したのと同じことを、繰り返した。それでも浦上は不満そうに、頬《ほお》をふくらませた。

「高村先生の考慮時間が短いのには、僕だって気がついていたけど、しかしそれは、気合いの入っている証拠でしょう。決して、いいかげんに打っておられたわけではない」

「あるいは、そうかも知れないね」

近江も、浦上の不服に抗してまで、あえて自説に固執する気はない。勝負師たる者、平常心を保つこともまた、〝強さ〟の要諦《ようてい》でなければならない。どっちにしても、浦上は総合力において高村を上回る強さを発揮して、勝ったことには変わりはない。豎子《じゅし》、何をかいわんや——だ。

一時間ほど飲んで、そろそろ湯に入って寝《やす》むかと相談が出た時、ロビーを横切ってゆく瀬川の姿が見えた。バーの二人には気付かない。それどころではないという気配があったから、近江と浦上は顔を見合わせた。

瀬川はホテルのサンダルをひっかけて、玄関を出て行った。

「何でしょうね、いま時分」

浦上は腰を浮かしかけたが、瀬川はすぐに引き返してきて、今度はフロントへ立ち寄り、従業員に何か話している。フロント係はさかんに首を捻《ひね》り、奥の事務室にいる同僚を呼び出し、二人で応対していたが、結局、埒《らち》があかないらしく、瀬川は思案顔でロビーの中央まで戻ってきた。

「先生、何かあったのですか」

声をかけるまで、瀬川は浦上と近江が歩み寄ってくるのにさえ、気付かなかった。

「やあ、きみたちか」

一瞬見せた動揺を、瀬川はぎごちない笑顔で隠した。

「べつに、たいしたことではないよ」

そう言ってから、思い直したように、「きみたち、ずっとここに居たの？」と訊いた。

「ええ、九時頃から、バーにいました」

「あそこからだと、玄関の方はよく見えるだろうね」

「見えます。それで、先生の姿が見えたものですから、何かあったのかと……」

「そう……」

瀬川はすこし、思案した。

「きみたち、高村さん、見なかったかな」

「高村先生、ですか？」

浦上は近江を見返った。近江は一歩、踏み出した。

「本因坊がどうかしたのですか」

「いや」

瀬川は硬い姿勢になった。

「見なかったのなら、それでいい」

「部屋にはいらっしゃらないのですね」

「どうかな……、いや、もういいんだ」

振り切るように行きかける瀬川に、浦上が声をかけた。

「先生、ちょっと待ってください」

ギクッと振り向いた瀬川の前へ、浦上は沓脱のところからスリッパを運んだ。

「どうぞ」

「や、こりゃ、すまん……」

足袋跣《はだし》の足元を見下ろして、瀬川は顔を赧《あか》らめた。

「そうだ、浦上君、きみ礼子に電話してやってくれたかい」

「いえ、まだです」

「そうか、だったらすまんが、電話してくれんか、あれはずっと、待っているよ」

「はい、そうします」

「うん……」

それからもうひと言、何か言いたそうにして、結局何も言わず、瀬川は去った。

鬼首峠《おにこうべとうげ》

1

九月二十七日は快晴であった。

近江はカラスの啼《な》き声に夢を破られた。羽音も聴いたような気がした。すぐ上の屋上から飛び立ったものかもしれない。

（朝っぱらから、縁起でもない――）

枕元《まくらもと》の時計は七時半を回っている。朝食は八時から、出発は十時の予定だから、格別早過ぎるということでもない。

同室の宮本文芸部長の蒲団《ふとん》はすでに藻抜けの殻だ。朝風呂《ぶろ》にでも行ったのだろう。

（年寄りは早い――）

近江はふと、高村のことを想った。昨夜《ゆうべ》の瀬川の様子が妙に気になっていた。あの時間に高村が外出しているというのも、おかしな話だった。

　顔を洗っているところへ、宮本が戻ってきた。手に大東紙を持っている。

「鳴子には、ウチの新聞、取ってる家がないんだとさ。支局のヤツが仙台から持ってきてくれたよ」

「この辺じゃ、地元のC－紙がほとんどでしょう」

「そうらしいね……、お、出てる出てる」

　昨日の対局結果が総譜を添えて、掲載されている。『浦上八段、天棋位を奪取』とある。

「終局が早かったから、早刷りの版に間に合ったんだな」

　宮本はその記事だけを読んで、新聞を近江に譲った。

「本因坊は、捲土重来《けんどちょうらい》がなるのかねえ」

「そりゃあ、やるでしょう」

「しかし、昨日の碁はだいぶひどかったらしいじゃないか。若手の先生連中が酷評してたよ」

「昨日は本因坊、ちょっとおかしかったですからねえ、参考にはならんでしょう。いずれにせよ、これっきりってことはありませんよ」

　広間にはすでに朝餉《あさげ》の膳が並んでいて、三三五五、席に着いた順に、食事を始めていた。

近江は浦上の隣に座った。

「本因坊は？」

「まだです」

ふたりとも、申し合わせたように声をひそめた。それで、お互い、高村のことが気になっていたと、悟り合った。瀬川は一見、変わった様子もなく、黙黙と箸《はし》を使っていた。

朝食には、ついに、高村は姿を現わさなかった。部屋に電話をかけたが応答はない。九時を回って、ようやく、高村の所在を気にする声が出はじめた。

「一応、部屋の中を見た方がいいかもしれないな」と瀬川が提案し、フロントから鍵《キー》を借りて自分で確かめに行った。

「居ないな」

瀬川は首を振り振り、戻ってきた。心なしか、顔色が冴《さ》えない。

「また、散歩に出られたのじゃありませんか」と近江が言うと、救われたように、「そうだね、そうでしょうね」と言った。

出発予定の十時が近づいたので、とりあえず、スケジュールの詰まっている連中から先発することになった。瀬川、貝沼の両長老と棋院事務局の者、それに、大東新聞社仙台支局のスタッフが二人、残った。近江と浦上も出発を見合わせた。

一連隊が出発したのと入れ替わりに、パトカーが門を入ってきた。棋戦の関係者は全員ロビーに屯《たむろ》していた。パトカーからは私服が二人降りて、玄関でフロント係を招び、二言三言、何か言った。フロント係は小走りに瀬川のところまできて、「責任者の方に、ちょっとお話ししたいそうです」と告げた。瀬川は左右を顧みて、椅子《いす》から立った。瀬川の後ろからは全員がぞろぞろと、従った。

「棋院の理事をやっております、瀬川ですが、何か？」

「あ、お邪魔します、鳴子署の加久本です」

二人の内、年輩の方が名刺を出した。不精髭《ぶしょうひげ》を生やしたゴツイ感じの男だ。名刺には、刑事課巡査部長とある。

「じつは、今朝がた、荒雄湖で水死体が発見されまして」

加久本は東北訛《なま》りのイントネーションで、無理に標準語を喋《しゃべ》った。

「それでですな、その人が、どうもそちらさんの関係者ではないかと言う者があるので、誰方《どなた》か、身元確認に来てもらいてえのですが」

「まさか、あんた……」

瀬川の軀《からだ》がぶるぶる震えているのが、すぐ後ろから覗《のぞ》き込んでいる近江には、分かった。

「それで、その、亡くなられた方はどういう……、いや、幾歳《いくつ》ぐらいの人ですか」

「年齢は六十歳前後というところでしょうかな。いや、それがですな、紋付羽織袴《はかま》という、まあ、珍しい格好なもんで……」

「くうっ」というような奇妙な音が、瀬川の喉《のど》から聞こえた。

荒雄湖は、鳴子ダムによって荒雄川（江合川）がせき止められた結果、生まれた人造湖である。渓谷がそのまま湖水化したようなものだから、まるで竜の棲《す》み家のごとく蜒蜒《えんえん》と長い。宮城県古川市から山形県新庄市へ通じる国道47号を鳴子町で北へ岐《わか》れると、国道108号になるが、この道路は屈曲した坂を登れば、あとは数キロに亙《わた》り、荒雄湖に沿って進むことになる。

沿道には蟹沢、神滝、轟、吹上、宮沢などの温泉が湧《わ》き、これらをひっくるめて「鬼首温泉郷」と称している。湖の中流付近にある神滝温泉の近くに流れ込む沢は「大深沢」といい、地熱発電所のある片山地獄にその源を発している。ほぼ満水状態の今は青い湖面が橋のすぐ下に迫っているが、渇水期になるとそのベールが剝《は》がれ、すさまじいガレ場状の絶壁が現われる。

死体発見者は神滝温泉の次男坊、緒形清二である。緒形は町役場の観光課に勤める青年で、朝、出掛けに大深沢の橋上に立って湖面を眺めるのが日課になっていた。ここからは湖に架かる吊《つ》り橋も望めるし、なかなかの景観なのだ。

緒形は通勤用のバイクを降りて大きく伸びをした。つい目の前の湖面に奇妙なモノをみつけたのは、その瞬間である。直線距離にすれば五〇メートルほどはあろうか。ひと目で緒形は、その漂流物が人間であると見究め、すぐに自宅へ戻って一一〇番した。

時刻は午前八時になろうとしていた。鳴子警察署からは当直明けの警察官五人が駆けつけてきた。部長刑事の加久本とは、緒形は顔見知りである。

「たった五人ですか」

緒形は遠慮のない口をきいた。

「仕方《すかた》ねんべや、これしか居ねんだから」

加久本もぶっきら棒に言う。

「後から出勤してきた順に応援が来《く》っから、心配《すんぱい》すっこたァねえ」

あれか、と加久本は湖上を見た。

「ちょっと難儀《なんぎ》だな」

ぼやくように言って、しかしテキパキと部下に指示を与える。橋の欄干からロープを垂らし、パンツひとつになった巡査が二人、担架と一緒に降りて行った。年間を通じてこの時季が最も水温が高い。それでも水に足を浸けるやいなや、「冷《つ》べてえ!」と悲鳴があがった。

「これでついに記録はストップだなや」

緒形は憮然として呟《つぶや》いた。鳴子ダムが竣工《しゅんこう》した昭和三十二年以来、荒雄湖では水難事故は発生していない。そのことは町のひとつの誇りになっていた。

その〃水死人第一号〃は引き揚げてみると紋付羽織袴という異様な風体であった。

「婚礼の帰《けえ》りにでも酔っぱらって落ちたんでねえべか」

騒ぎを聞きつけて集まってきた近隣の者の中から、そういう声が出た。

「昨夜《ゆんべ》、どこかで婚礼があったかや？」

加久本が訊《き》いた。誰《だれ》もそんな噂《うわさ》は聞いていない。狭い土地だ、紋付を着るような結婚式があれば当然、話題になる。

「土地の者《もん》じゃねえすべ」

「そう言や、見たことねえ顔だな」

その時、後続部隊が医師を伴って、到着した。検視がはじまる。

「死因は、なんだべか」

加久本は医者の隣にしゃがみこんだ。

「解《ひら》剖いてみねば分からんが、水死ではねえかな、肺の中さ水が入ってるようだ」

後頭部に打撲痕《だぼくこん》があった。

「ここを打ってるが、これは恐らく致命傷ではねえべな。気絶ぐらいはしたかも知んねえが……、うん、なれば、水をあまり飲んでねえ理由《わけ》も納得いくもんな」

「死亡推定時刻は？」

「死後七時間から十時間つうところかな。夜中の十一時前後から二時間前後ぐれえまでの範囲と考えれば、そう間違《まちげ》えはねえだろう」

医者は立ちあがって、あらためて、しげしげと死者を眺めた。

「どこかで見たような顔だが、どこの誰だかなあ」

とつぜん、医者は容易ならぬ顔付きになった。

「部長さんよ、この人はひょっとすると、高村本因坊でねえかな」

「ホンインボウ……ていうと、ロイヤルホテルさ来てる、あれ《ヽ》で《ヽ》す《ヽ》か」

囲碁に疎《うと》い加久本にはピンとこない。

「わしはこの前、チラッと見たきりだで、なんとも言えんが、たぶん間違えねえ。だとすればよ、こりゃ、大事《おおごと》だで」

天棋戦の対局が鳴子で行なわれたのには町長の尽力が物を言った、ということは隠れもない事実である。ある雑誌に高村本因坊が随想を寄せて、その中に鳴子は青春の思い出が残る土地だ、と書かれてあった。それを町長が読んで、ぜひ当地で対局を、と招致したのだという。それが実現し、この上は高村先生を名誉町民に——と、町長はたいへんな熱の入れようだとも聞いているから、医者は極度に緊張した。

「下手すれば、こりゃあ、町の責任問題になりかねんぞ」

医者は観光課の緒形を顧みた。

「んですな」

緒形も顔色を失った。

「すぐ役場の方さ連絡しますすべえか」

「まあ、待てや」

加久本は二人を制した。

「はっきりしたことも分かんねえ内に、そう事を大きくしてもらっては困る。まず身元の確認が先だべや」


鳴子署はこの町の人口規模などからすればやや分不相応なほど立派な建物である。コンクリート三階建で、アスファルトを敷きつめた広い庭をもつ。あたかも、町財政の豊かさを物語るような堂堂たるたたずまいだ。その一階奥にある署長室もかなり広い。そこの主である中橋警視も押し出しのいい大男であった。

中橋署長は、佐木刑事課長と加久本部長刑事を左右に従えて、棋戦関係者を出迎えた。

「どうもご苦労さんです。さあ、どんぞこっちさ来てくだせえ」

挨拶《あいさつ》もそこそこに、先頭に立って歩きだした。本屋《ほんおく》の並びに別棟の遺体安置所がある。中に一歩入ると、線香の匂《にお》いが鼻を衝《つ》いた。遺体はビニール張りの堅い寝台の上に横たえられていた。衣服からはまだ水滴が滲《にじ》み出ている。仰向けの顔を被っている白布を加久本が取った。

ひと目で全員が高村本因坊その人であることを認めた。瀬川はこみあげる嗚咽《おえつ》をこらえきれず、遺体の傍らに額《ぬか》ずいて、友の冷たい手を握りしめて哭《な》いた。他の者も多かれ少なかれ泪《なみだ》を流した。

「どうして亡くなられたのですか」

慟哭《どうこく》の中から、さすがにジャーナリストの一員らしく真先に冷静さを取り戻して、近江は訊いた。

「死因は水死です。しかしそれほど水を飲んだ様子がねえところを見ると、水没した時には気を失っておられたのではねえかと考えられますな」

説明役には加久本が当たった。

「転落したショックで気を失ったのですか」

「さあ、その辺のことはまだちょっとはっきりしねえんすが、後頭部に打撲の痕跡《こんせき》がありまして……」

近江は息を呑《の》んだ。

「すると、他殺ですか！」

加久本は目で署長の諒解《りょうかい》を取った。

「その疑いが濃い、というのが現段階での、われわれの見方です。署長は、いいだろうという態度を見せた。しかし、事故死、自殺のセンがねえわけでもねえのですよ。たとえば転倒して頭を打ち、失神した状態で水中に転落したっていう状況も想定できねえわけではねえのでして、まあ、あらゆる可能性を考慮しながら捜査を進めるつもりです」

「しかし、他殺だとすると、いったい、何者が、何のために……」

「いや……」

加久本の頰にかすかな苦笑が浮かんだ。

「それはわれわれの方でも知りてえことなのでして、それについて、皆さんのご協力をいただかねばならねえのです」

「本因坊が亡くなられた荒雄湖というのは、どの辺りなのですか」

「現場はここから、108号を約六キロばかし行ったところです」

「六キロ……、すると、強盗か何かの仕業と考えられますね」

「いや、かりに他殺だとしても、盗みが目的ではないようですな。財布をはじめ金目のものはすべて、身につけたままです」

なるほど、遺体の傍らには四角いトレイの上に、財布、腕時計、ライター、煙草、マッチ、ハンカチが、きちんと並べてあった。

「財布の中身は一応、保管させてもらいましたが、金額は十二万ちょっとでした」

煙草とマッチの箱からは滴《しずく》が滲んでいて、なまなましい印象を与える。マッチには「るぽ」という喫茶店の名前が入っている。近江はかがみこんで、その住所が「中目黒駅隣」であるのを確かめた。中目黒は高村の住居とそう遠くない。たぶん行きつけの店なのだろう。

（それにしても）と近江はライターの存在が妙に気になった。高村がライターを持っていたという記憶がまるでなかったからだ。

それは浦上も同じだった。対局中、目の前の高村の動作は一部始終、視野に入っている。ライターを使えば見過ごすことはない。しかも、見たところずいぶん変わったデザインのライターだ。平たくて、その平たい部分の色は真紅、周辺の縁取りと、着火ボタンのところに金色をあしらった、ちょっと見には女性用という印象がある。そして下端近くに小さく《B.B.B.》とBが三つ、横書きに白い彫り文字が並んでいるのは何かの略称か――。

（おや――）と、浦上は、これと同じものをどこかで見たような気がした。しかし、その記憶に高村はダブッていない。高村ではない誰かが使っているのを、珍しいライターだなと思いながら眺めていた記憶が、確かに、ある。さまざまな人物を想い浮かべて、そのライターと結びつけようとしたが、成功しなかった。もどかしい想いが、胸の裡《うち》で渦を巻いた。

高村の遺体は司法解剖に付されることになり、仙台の大学病院へ移送されて行った。東京の留守宅にいる妹の千代子には、事件後すぐに連絡を取った。千代子はいったん仙台で遺体と対面してから鳴子へ来る手筈《てはず》になっていた。

午前十一時、場所をロイヤルホテル〝雲竜の間〟に移して、棋戦関係者に対する事情聴取が始められた。ホテル側にとっては憂鬱《ゆううつ》な出来事であったろうけれど、その割には協力的であり、好意的でもあった。雲竜の間のある離れには裏門から直接出入りできるために、宿泊客の妨げになる惧《おそ》れはない。もっとも、事件を知って集まってくる報道陣にはかなり悩まされるであろうことは考えられた。

事情聴取にはおもに加久本が当たった。まず手初めに昨夜の高村の行動という点について質問したのだが、その結果、対局終了後、雲竜の間を出て行ってからの高村の行動については誰ひとり関知していないことが分かった。結局、最後に高村の姿を目撃したのは、フロント係と下足番ということになった。

「七時五十分頃《ごろ》だったと思います」

フロント係はそう証言している。八時には交代することになっていて、高村が外出したのはそれより少し前だったというのである。下足番も同様に記憶していた。高村は出された草履を履き、「ありがとう」と言って静かに玄関を出たという。

「別に変わったご様子はなかったです」

この点でも二人の証言は一致した。

「変わった様子」といっても高村の日常を知っていたわけではないから、この場合には〝死〟を予感させるような様子、という意味に考えていいだろう。その意味から言えば、棋戦関係者全員の印象も似たようなものだった。

「それはまあ、たしかに対局の疲労ということはあったでしょうし、敗戦のショックがなかったとは言えないかもしれませんが……」

近江俊介は、そう注釈を加えた。

「すると、そのショックが原因で自殺するということは考えられますな」

加久本が言った。

「自殺？……」

近江は意表を衝かれて、浦上の横顔にさっと視線を走らせた。

「まさか、碁に負けたくらいで死んだひにゃ、命がいくつあっても足りませんよ」

浦上のためにも、この点ははっきり否定しておく必要があった。浦上のナイーブな神経は相当に傷ついているはずなのだ。

「ところで、高村さんは昨夜《ゆんべ》、どこさ行こうとなさったのか、心当たりはねえですか」

「そのことですがね」

近江は言った。

「じつは、高村先生は一昨日《おととい》の晩も外出しておられるのですよ。それも、ホテルの人の話によればハイヤーを利用したということですから、ひょっとすると、ハイヤー会社に問い合わせれば行先が分かるのじゃありませんか」

ハイヤー会社は町にひとつしかない。高村を乗せた運転手はすぐに分かった。地元出身の沼倉という男で、勤続十八年のごく真面目《まじめ》な人柄だ。

「そのお客さんだら、たしかにお乗せしたですよ」

電話の向こうで沼倉は緊張した声を出した。

「一昨日《おとつい》の晩、七時頃だったすか、ロイヤルホテルさんからお呼びがあって、秋の宮温泉の鷹住《たかずみ》旅館まで行って、帰《けえ》りもお乗せしたです」

「昨夜《ゆんべ》はどうだったかね」

「それがすよ、おかしな話で、一昨日の帰りにお客さんから『明日《あす》の晩八時に迎えにきてくれ』って言われたもんで、ちゃんと八時に行ったんすけど、すっぽかされて。二十分も待ったすけどね」

「フロントに問い合わせることはしなかったのかね」

「はい、じつはお客さんは外出することを人に知られたくないらしくって、ホテルから少し離れた場所で待つように言われたで、ホテルさ行っては具合《あんべえ》わるいのではねえかと思ってすよ。それにチップも貰っとったで……」

沼倉運転手はそれ以上のことは何も知らないということであった。この報告に対して、棋戦関係者は狐《きつね》につままれたような顔を見交わした。理解に苦しむ高村の行動であった。

「その『秋の宮温泉』とかいうのは、どこにあるのですか」

立合人を務めた、長老の貝沼九段が胡麻塩《ごましお》頭を振り振り、加久本に訊いた。

「秋の宮というのは、奥羽山脈を越えて秋田県側さ入ったところにある温泉です」

「そんな所へ何の用事があったのでしょうかなあ。それに、人の目を窃《ぬす》むようなやり方も高村さんらしくない」

貝沼が故人を詰《なじ》る口調でそう言うのを、近江は宥《なだ》めるように、

「高村先生は、私用のために外出することに気がさしたのではないでしょうか」

「しかし、前の晩は堂堂とハイヤーを呼んでいるのですぞ。気がさすということからすれば、対局が継続している第一日目の方が、より気がひけるものじゃないかな」

近江は言葉に詰まった。たしかに貝沼の言うとおりだという気がする。

その時、それまでまったく口を閉ざしていた浦上八段が、少し俯《ふ》せ目のまま、言った。

「僕は、高村先生がハイヤーを約束した、午後八時という時間に意味があると思います」

全員の視線が、色白の浦上の顔に集中した。

「第一日目の打ち掛け、つまり、僕が手を封じたのは午後六時十分ですから、一日目の消費時間は二人分合わせて八時間十分です。したがって、二日目の残り時間は全部で九時間五十分ということになりますね。昼食休憩を一時間取ったとして、もし夕食休憩を取らなければ、単純計算でいって七時五十分には時間を使い果たすはずです。約束の八時という時間はそこから割り出されたものではないでしょうか」

「それはちょっと問題あり、だな」

今度は近江がクレームをつけた。

「かりに持ち時間が切れたとしても、一分碁が続けば終局は長引くでしょうが。いつの対局だって、秒読みに入ってから数十手も打たれるんだから、八時はおろか、九時過ぎになる可能性も考えられるんじゃない？」

「しかし、もし高村先生が一分碁は打たないと決めておられたものとすればどうですか」

　浦上がずばり、言った。

「なんだって？」

　近江は唖然《あぜん》とした。

「どういう意味、それ？」

「あの碁は、中盤で白に失着が出た時点で勝負はついていたと思います。しかし高村先生は投了されずに打ち続けられた。負けの決まった碁をいつまでも打つというのは、普段の高村先生らしくないと思っていたら、持ち時間が切れた途端とつぜん投了された。一貫性ということからすれば、あそこで投げるというのはおかしい。もっと早く投げるか、もう少し打ち続けるかどちらかであるべきはずなのです。だから、高村先生は最初から一分碁になったら打たないと決めておられたのかもしれません」

「まさか、だいいち、何のためにそんなことを決めていなければならないのさ」

「それは分かりませんよ、ただ、僕はあの瞬間、本因坊の投了の必然性に疑問を感じました し、時間切れと同時に投了したことと考え合わせると、何か関連した意図があるのではないかと思ってみただけです」

「それはちょっと独断的だなあ」

「独断でもなんでも、僕はそう思ったのだから仕方ありませんよ」

浦上は不満を露骨に示した。

「まあまあ、ちょっと待ってくれませんか」

加久本が二人のあいだに割って入った。

「あんた方の言ってることはよく分かんねえのですが、要するに、高村さんは約束の八時前までには対局を終了するという見通しがあって、ハイヤーを呼んでいたつうことだけは確かなようですな」

「それはそうです」

と、近江が答えた。

「であれば、高村さんがどういった目的で秋の宮温泉さ行ったか、それを調べることが先決でしょう。その上でさらに問題があればお訊きするとして、ひとまずわれわれは失礼します」

「すると、秋の宮温泉へ行かれるのですか」

「そうです」

「あの、私も連れて行ってもらえませんか。いや、ご迷惑はかけませんよ。それに、ちょっと高村先生に関する面白い情報もあるし」

「何ですか、それは」

加久本は胡散《うさん》くさい目を近江に向けた。

「じつはですね、高村先生にとって、この鳴子温泉は初恋の思い出が残る土地なのです」

「初恋?……」

俄然《がぜん》、加久本は興味を唆《そそ》られた顔になった。

2

近江俊介と加久本部長刑事、それに運転役の浅井巡査を乗せた覆面パトカーが秋の宮へ向かったのは、午後一時過ぎである。残留部隊の内、スケジュールが詰まっている貝沼九段と浦上八段は帰京の途についた。瀬川九段ほか四名が本因坊の妹である高村十代子の来着を待ってホテルに残った。

車は神滝温泉にさしかかっていた。

「おい、ちょっと停《と》めてくれや」

加久本は浅井に言い、近江を見返った。

「ここが現場です。見ますか？」

「ええ、ぜひ」

近江は車から降り、道路脇《わき》に立った。湖の岸に、誰が置いたものか、菊の花束が横たわっている。近江はその方向に向かって合掌した。

ふたたび走りだしてまもなく、荒雄川に架かる橋を渡る。湖の現場からはおよそ五キロほど遡《さかのぼ》ったあたりである。橋を渡ると鬼首の集落に入る。昔、坂上田村麻呂が〝鬼〟といわれた敵将の首を刎《は》ねたのがその名の起源とされている。この辺り、なだらかな斜面が多く、夏は牧場として、冬はスキー場として観光の目玉となる。

荒雄川に沿って進んでいた道路は軍沢《いくさざわ》付近で大きく屈曲しながら登り坂にかかった。

「ここから先、秋の宮までを『仙秋サンライン』というです」

加久本は少し得意な気分になって、解説した。この道が好きなのである。

「かつては『山中七里』と称《よ》ばれ、鳥も通わぬ難所でした。いまでも原生林はあるし、カモシカなんかも棲んでいるです」

なにしろ奥羽山脈の真只中《まっただなか》を横切るのだから、左右の風景は剝《む》き出しの自然そのものである。ただし『難所』だけに道路の状態はあまりよくない。舗装はひび割れ、陥没し、落石や土砂崩れの跡がいたるところにあった。

山また山の坂道を登りつめたところで「秋田県」の境界標識が視野をかすめた。

「ここが鬼首峠、ここから秋の宮です。正確に言うと、秋田県雄勝郡《おがち》雄勝町の秋の宮地区つうことになります」

「雄勝町というと、例の小野小町伝説のあるところではないですか」

近江は記憶を呼び起こした。

「そうです、よくご存知ですなあ」

加久本は嬉《うれ》しそうに言った。

「小野村……、いや、町村合併以前は小野も秋の宮も独立した村でしたが、その小野は女房の里でしてね」

「ほう、では奥さんは秋田美人ですね」

「え？　あはは、なんのなんの……」

加久本は柄にもなく照れて赤面した。この他愛もない会話が、二人の男を急速に親密にした。

道路は等高線に沿うようにして、徐徐に高度を下げながら山脈を横切ってゆく。右手には鬱蒼《うっそう》たる木木に包まれた尾根が続き、左はすべて切れ込むような渓谷である。やがて長いトンネルを抜けると、谷はいよいよ狭く、急峻《きゅうしゅん》になった。

「この辺りはブナの原生林でして、あと半月もすれば全山紅葉、じつに見事な眺めになるのだけどねえ」

加久本は残念そうに言った。対岸の山襞《やまひだ》も濃密な灌木《かんぼく》に覆い尽くされ、すでに黄ばみはじめている。

尾根の先端を右へ大きく迂回《うかい》し、合流する別の谷に入るとまもなく、美しいアーチ橋を渡って、道はぐんぐん下りにかかった。人家がポツンポツンと通り過ぎてゆく。谷の幅が広がり視界がきくようになったと思ったとき、ゆく手に〝忽然《こつぜん》〟という感じで大集落が現われた。

「ここが秋の宮温泉です」

加久本に言われるまで、近江はその集落が温泉場だとは思わなかった。変哲もない民家の中に白亜の建物があるだけの、すこぶる健康的な風景からは鳴子のような享楽ムードは伝わってこない。しかし、病院かと思った白亜の建物は、近付いてみると室内温水プールだったし、バス停脇の商店にはちゃんと観光みやげなども並べられていた。

パトカーはみやげ物店の軒下を右へ曲がり緩い登り坂にかかった。手入れのいい松林の奥へ進むと、そこに目指す〝鷹住旅館〟があった。ここもまた温泉旅館というよりはスイスあたりの保養地を思わせる、明るく落ち着いたたたずまいなのである。車を駐《と》めていると、制服の警官が近付いてきた。駐在の猪俣巡査である。猪俣はむろん秋田県警の所属だが、鳴子署とも何かにつけ交流がある。

「ご連絡いただいて、すぐにここさ来て調べたのですが、やっぱし高村さんは一昨日の晩に見えてるそうです。夜の八時頃来て、三十分ばかし居《お》って帰《けえ》られたつうことでした」

猪俣は話しながら、一行を旅館とは別棟になっている二階屋の方へ案内した。

「ここが経営者の住居でして、高村さんはここの大奥さん、つまり先代社長の未亡人ですね、その人さ会いに見えたつうことでした」

訪《おとな》うとお手伝いらしい女が出て、一同を応接間へ招じ入れた。そこからは窓越しに旅館の側面が見える。木造二階建が幾棟にも分かれているらしく、全体の敷地面積けかなり大規模なものだ。ツツジがふんだんに植え込まれ、そこかしこに見事な赤松が無造作に佇立《ちょりつ》している。

供された茶を啜《すす》っているところに、「ごめんくださりませ」と声をかけて、ふっくらした面立ちの上品な老婦人が入ってきた。なぜか目の縁が泣き腫《は》らしたように赤い。

猪俣が丁寧な口調で加久本らを紹介した。

「高村さんのことをお訊きになりたいつうことで、鳴子の警察署から見えました」

婦人は自ら「藤原咲子でございます」と名乗った。加久本がメモを取るために問い直すと、

「咲は花が咲くの咲でございます」

羞《は》ずかしげな風情を見せて答えた。

「早速ですが、高村さんは一昨日の晩、こちらさ見えたのですね」

「はい、お見えになりました」

「それで、用件は何であったすべか」

「はあ、それは、私をお訪ねなさって、ただそれだけのことだと思いますけど」

「高村さんとはお知り合いですか」

「はあ」

「どういったご関係だすべ」

「関係といいましても……」

咲子は少し顔を赧《あか》らめ、胸の前で掌《て》を左右に振るような仕草をした。

「もう四十何年も昔のことでございます」

「四十何年？……というと……」

加久本が生まれた頃の話だ。想像がつかない。

「その頃、私は鳴子に住んでおりました。園部旅館の娘でございまして」

「ああ、あの園部さんとこの……」

園部旅館といえば鳴子温泉の中でもかなり古いはずである。

「はい、その頃は今と違い、ほんとうの湯治宿でございましたけど」

「なるほど」

「それで、夏休みのあいだ、東京から学生さんが湯治に見えまして……」

「あ、そうか、その学生さんというのが高村さんであったのだすべ」

「はい、まだ中学生でした。それで親しくしていただいて……」

「ははあ、すると、いまでいうボーイフレンドというわけだべか」

「いいえ……」

咲子はいよいよ赧くなった。

「昔はなかなかそういうことはうるさくて、ほんとにまあ、仄《ほの》かなものでしたから」

「つまり、ちょっとした初恋物語といったところなのでしょう」

と近江が誘うように言った。未亡人は少し夢見るような眸《ひとみ》になって、

「はあ……」

と頷《うなず》いた。

藤原咲子の話を要約すると次のようになる。

天棋戦関係者が鳴子へ乗り込んだ九月二十四日の夕、高村は園部旅館を訪ねて、かつての

思い出を辿《たど》るとともに、初恋の相手であった湯治宿の娘・咲子の消息を訊いた。咲子が峠の向こうの温泉場に嫁ぎ、今では未亡人になっていると知って、懐旧の情に駆られたのであろう、翌二十五日、対局第一日目の夜、ハイヤーを頼んで秋の宮温泉を訪れた——。

「とても懐かしく、嬉しゅうございました」

咲子はしんみりと言い、目頭をおさえた。

「急なことで、たいしたおもてなしもできませんで、それにその日は碁の試合の途中ですとかで、慌ただしいことでしたから、『明日《あした》もぜひお越しください』とお願いして、高村さんも『かならず来る』と、そうおっしゃっていましたのに……」

「しかし、昨夜は見えなかったのですね」

「はい」

「何か連絡はなかったですか」

「いいえ」

「高村さんの様子に、変わったところはなかったですか」

「変わった、とおっしゃっても、四十何年ぶりのことですから……」

咲子は当惑げな顔をしていたが、

「ただ、ちょっと気になることをおっしゃっていましたけど……」

「何ですか？」

「帰りしなに、『あなたに逢《あ》えたから、いつ死んでもいい』と不吉なことをおっしゃって、そうしましたら翌る日にお亡くなりになったのですもの、今日のお昼のニュースでそのことを知って、もう、びっくりして……」

また新たな泪を誘った。

加久本は近江と顔を見合わせた。

「死んでもいい、と言われたのですか」

「はい」

「どういうことだべか……」

「さあ、その時は別に深く考えず、ただの冗談かと思いましたけれど」

何か死を予感させるようなものが、高村にはあったのだろうか。しかし結局、それ以上のことは何も分からなかった。

鷹住旅館を辞去し、来た道を逆に鬼首峠を越えるあたりまで、加久本も近江も黙りこくっていた。太陽が西へ回ったせいか、峠を越え、片倉森という原生林の中へ入ると、まるで夕景を思わせる暗さになった。

「要するに、それだけのことだったのかや」

とつぜん、加久本が押し殺したような重い声で、言った。

「あのお内儀《かみ》さんが嘘《うそ》をついてるわけもねえし、さっきのお話の〝初恋物語〟とも一致するし、高村さんが秋の宮さ行った理由は、どうやら昔の恋人を訪ねることだけだったようですなあ」

「そのようですね」

「しかし、それだば、なんで昨日《きのう》は行くのをやめちまったのかなあ。ちゃんと約束の時間にホテルを出てるところからすれば、予定どおり秋の宮さ行くつもりであったように思えるのだが、現実にはハイヤーにも乗らなかったし、しかも秋の宮さ行く道の途中で亡くなってしまった。いったい、高村さんの身に何が起こったのですかなあ」

車は鬼首の集落を過ぎ、荒雄湖畔の現場にさしかかっていた。近江はふと思いついて、

「加久本さん、ロイヤルホテルから現場《ここ》までは約六キロ程度ということでしたね」

「そうですが」

「それから、高村先生が亡くなられたのは十一時前後から以降だそうですね。つまり、八時にホテルを出て三時間以上経過していることになります」

「たしかにそうですが、それが何か？」

「だとすると、高村先生は、ホテルから現場まで歩いて行かれたのではないでしょうか。ご

老人の足なら、約六キロの道に三時間程度はかかるでしょう」

「うーん……、歩いて、ですか」

加久本は唸《うな》った。

「しかし、それは何のためにでしょうか。ハイヤーを約束しているのに、わざわざ夜道を歩くことはねえと思うですがなあ」

「もし、ですよ。これはあくまで仮定の話ですが、もしかりに高村先生が自殺を考えられたとしたら、ただ独り夜道を歩いてみようという気になったとしても、そうふしぎではないと思います」

「しかし、近江さんは自殺はありえねえと言われたのでは？」

「たしかに言いましたが、それは碁に負けたために自殺することはないと言ったので、それ以外の原因があれば、話はべつです」

「それにしても、同じ自殺するなら、もっと楽な方法があるんでねえかなあ。早い話が、なにも湖の上流《かみ》の方まで行かねえでも、途中の近場さ飛び込めばいいんだし、なにも六キロも歩くことはねえと思うですよ」

ところが、この一見ばかげたような近江の仮説が、かならずしもありえないことではないという、まったく予想外の事実が浮かび上がってくるのだ。

3

近江たちがまだ秋の宮にいる頃、高村千代子が仙台経由で鳴子に到着した。

高村の遺体に対する司法解剖は東北大学医学部法医学教室に依頼して行なわれている。その結果、遺体から薬物は検出されなかった。また後頭部に残された打撲痕が人間の手によって加えられたものか、転倒、または落下の際に受けたものかについては判定不可能という結論であった。要するに、解剖所見だけでは自殺、他殺、事故死のいずれかに判定する根拠は見つからなかったということだ。結局、その判断は警察署長に委ねられた形である。

中橋署長は逡巡《しゅんじゅん》することなく「他殺」と断定した。捜査歴三十年のカンが中橋に確信を抱かせた。二十年前、当時警部補だった中橋はこの鳴子署に刑事課長として赴任している。丁度、その直前に変死者が出ていて、まさに交通事故死として処理されかけたのを、中橋一流のカンで調べ直し、みごと保険金目当ての殺人事件として犯人《ホシ》を挙げたという経歴の持ち主だ。ところがこの中橋の〝確信〟も高村千代子のひと言によってぐらつくことになった。

千代子は兄より五歳下で、夫に若死にされて以来、兄の許《もと》に身を寄せていた。高村の妹想いは有名で、彼の独身主義はそこに原因があると取り沙汰《ざた》された。千代子は兄に似て痩身《そうしん》細面で、若い頃の美貌《びぼう》が偲《しの》ばれる。

千代子は署長室に通され、そこで署長自ら若干の事情聴取を行なったあと、高村の遺品が手渡されることになった。その時、遺品の中にあった片方だけの草履を見るなり、

「こんなに歩いて……」

千代子は呟き、また新たな泪を流した。この小さな呟きを、署長は鋭敏にとらえた。

「ちょっと待ってください。いまあなたは、『こんなに歩いて』と言われたが、それはどういうことですかな」

「はあ、それはあの、下ろしたての草履があんまり擦り減って汚れておりますものですから……」

「下ろしたて、と言いますと、つまり新品だったわけですか」

「さようでございます。こんどの対局は重要な一戦だからと申しまして、先日誂《あつら》えましたものを出がけに下ろしました」

中橋署長はあらためて草履を手にとった。それは新品どころか、底は擦り減り埃《ほこり》にまみれたような痕《あと》も歴然と残る代物だ。

「高村さんはご自宅から歩いて出かけられたのですか」

「いいえ、新聞社のハイヤーがきてくださいまして、上野駅までそれで参ったはずでござい

ます」

そのことは棋院関係者も証明している。高村は自宅からハイヤーで上野駅へ、そして列車とハイヤーを乗り継いで鳴子へ来た。鳴子へ来てからもそう歩き回ったとは考えられない。生前の高村を最後に見送ったロイヤルホテルの下足係に確かめたところ、

「はい、沓脱《くつぬぎ》の上にお出しした時は、たしかに新品同様の草履でした」

と答えた。

だとすると、高村は現場まで歩いて行ったのか——と考えないわけにいかない。それは端的に言えば〝自殺〟の心証だ。しかし、高村には自殺の動機も見当たらなければ、兆候もなかったという。妹の千代子は自殺説に対して目を剝《む》いて否定しきった。捜査員たちの心証はそれぞれに揺れ動いた。

中橋は加久本の帰投を待って最終決定を下すことにした。加久本には二十年前の自分を彷《ほう》彿《ふつ》させるところがある、と中橋は思っている。たしかに、いろいろな面で、加久本は中橋署長の小型版という印象があった。口の悪い連中は陰で「大ゴリラと小ゴリラ」と言っている。物事に熱中すると歯を剝き出しにする癖など、みごとなほど酷似していた。

その加久本は署長に判断を求められるやいなや「他殺《コロシ》ですよ」と明言した。

「大東新聞の近江さんも、歩いて現場まで行ったんでねえかと言ってたですが、たとえそう

だとしても、自分は他殺だと思うんす」

「理由は？」

「理由ははっきりしねえすけんど、他殺であることは間違《まちげ》えねえす」

同席していた佐木刑事課長は苦り切った顔をした。

「もう少し論理的に説明できないかなあ」

「論理なんつうもんは、後からくっついてくるもんでねえすべか」

加久本は自分より歳若《としわか》の課長に向かって、歯を剝いた。署長は「あはは」と笑った。

「よし、決めたぞ」

その日の内に中橋は県警本部長に対して捜査本部を設置する旨、報告し了解を求めた。翌朝、鳴子署の玄関脇に「荒雄湖変死事件捜査本部」の大きな貼《は》り紙が下がった。変死としたのは県警本部長の知恵である。本部長は中橋の報告に一抹の危惧《きぐ》を抱いた。〝殺人〟と断定する根拠が希薄だ。あとで自殺や事故死だったということにでもなると、警察の勇み足を指弾されかねない。それでなくても、中橋は県警内部で〝名物警視〟として有名で、日頃《ひごろ》から直情径行の気《け》のある男なのだ。

県警からは捜査一課きっての敏腕と言われる黒田警部が六名の部下《スタッフ》と鑑識、それに三十余名の機動捜査員を率いてやってきた。捜査員の一部は現場周辺の遺留品探し、一部は目撃者探しと聞き込みに当たった。とくに九月二十六日午後八時から深夜にかけて、鳴子のホテルから現場までの六キロの区間で高村本因坊らしい歩行者を見かけた者はいないか、重点的に調査した。

捜査を進める一方で、黒田警部は加久本部長刑事の案内でロイヤルホテルを訪れた。黒田は加久本と対照的な優男《やさおとこ》で齢《とし》も若い。言葉遣いも穏やかで、アナウンサーのようにきれいな標準語で話す。

黒田の質問も基本的にはこれまで加久本らがしたのと異なるものではなかった。高村の部屋に対する捜索は既に行なわれていて、めぼしい成果はあがっていなかったし、新しい事実関係が発見されることもなく、比較的短時間で引き揚げて行った。

天棋戦関係者の残留組も東京へ帰ることになった。高村の柩《ひつぎ》は千代子と瀬川九段が付き添って車で出発し、それを見送ってから他の者たちも鳴子を去った。ただひとり、近江俊介だけが大東新聞社と警察の両方の意向に随って、一両日出発を見合わせた。

その晩、黒田警部が単身、近江を訪れた。対局のあった〝雲竜の間〟に黒い卓子を挟《はさ》んで、二人は向かい合った。

「近江さんとは以前にお会いしたことがあるのですが、憶《おぼ》えてはおられないでしょうね」

黒田は親しみのこもった口調で言った。

「八年前の大学囲碁選手権にK大学が出たときの三将を務めたことがあるのです。その時、近江さんは雑誌に観戦記をお書きになったと思いますが」

「ああ……」

近江は頷いた。

「そうですか、K大の……。しかし申し訳ないが記憶していません」

「そうでしょうね、ウチは一回戦で消えましたから」

「K大の三将じゃ、あなた相当にお強いですな、どうです一番」

近江は黒田の了解を待たずに、床の間に据えてあった碁盤を運んできた。

打ってみると黒田はなかなかの〝打ち手〟であった。「警察に入ってからは碁を打つ機会がなくて」と言う割には、細かい打ち回しなどにもいきとどいたところがあり、近江をたじろがせる場面も少なくなかった。結果は白を持った近江の中押し勝ちに終わったが、ひさびさ骨のある相手であった。

「いやあ、やはりお強い」

「とんでもない、近江さんには三子がいいところでしょう」

たがいに相手を褒めあった。もう一番と色気を見せる近江に黒田は手を振って、

「いや、本来は碁など打っている場合ではないのでして」

と言い、真顔に返った。

「今度の事件は想像していたより、難しそうです」

「そうですか、いや、私もね、捜査本部の看板に変死とあるもんで、ちょっと気になっていたんですが、あれはやはり、他殺と断定しきっていないという意味なんでしょうな」

「おっしゃるとおりです。と言ってもわれわれとしては八、九割がた、殺人事件として取り組んでいるには違いないのですが、正直なところ決め手が摑《つか》めておりません。皆さんにお訊きした結果でも、自殺を想定できる根拠は何も出ませんでしたし、さりとてあの場所に出掛けて行ったことから見て、単なる事故死とは考えられない。すると当然、他殺のセンが浮び上がるという、まあ、いわば消去法によって殺人事件の心証を固めているわけなのです。ところが高村本因坊の行動、つまり現場まで歩いて行ったらしい、という重大な事実の説明がつきません。自分の足で死地に赴いている以上、短絡的に考えれば、それは自殺ということでしょう。しかしなぜ歩いて行く必要があったのかという説明ができない……」

「そのことですがね」

近江は口を挟んだ。

「じつは僕も、歩いて行った、という点については自殺の可能性があると考えたひとりなんですよ。それであえて論理を加えるならばですね、湖畔の道路を歩きながら、本因坊はなかなか死への踏ん切りがつかなかったんじゃないでしょうかねえ」

「なるほど……」

　黒田は頷いた。

「しかし、かりにそういう可能性があるにしても、自殺の動機については説明がつきません。それに、われわれはさらにふしぎな現実に直面しているのです」

　大仰《オーバー》な言い方に、近江は興味を抱いた。

「じつは、今朝から捜査員の主力を動員して目撃者探しに当たらせているのですが、現時点に至るまで、事件当夜、鳴子から現場までの道路を歩いていた高村さんの姿を見たという報告が入っておりません。これまでの調べで分かった分だけでも、当日午後八時から十一時までのあいだ、鳴子から鬼首付近を往復したハイヤーの数は二十八台、つまり、五十六回も現場付近を通過しているわけです。それにもかかわらず目撃者がいないということは単に看過《みす》ごしたというだけでは説明がつきません」

「と、言いますと？」

「要するに、高村さんはあの道を歩かなかったのではないかと考えるのです」

「なんですって……」

　近江は驚いた。

「それはどういうことです」

「つまり、高村さんはホテルを出て別の方向へ向かって歩いたのではないでしょうか」

「なるほど、すると、別の場所で飛び込んで現場へ流れ着いたというわけですか」

「いや、湖のあの辺はほとんど水流を感じない場所ですし、かりに流れがあるとすれば、もっと下流側に漂着するはずです。私が言うのは国道108号ではない、まったく方向の異なる道を行かれたのではないかということなのです。しかし現実にはあの場所で遺体が発見された。となると、これは何者かが高村さんを襲い、気絶させた上で荒雄湖の現場に投入したとしか考えられません」

「うーん……」

近江は唸った。

「では、はっきり他殺ということになりますな」

「もし仮説が正しければ、です。ところが他の道に関しても、まだ目撃者が現われていません。あの草履の擦り減り方から見て、少なくとも数キロ程度の道を歩いていることだけは確かだし、紋付袴という人目につく風体です。いくら田舎道だからといって、町の周辺は人や車の往来もあります。それなのに、いまだに目撃者が発見できない。私はつくづくわが捜査陣の無力さを痛感しているのです」

若い警部は端正な顔を天井に向け、無念の表情を浮かべた。近江は黒田に好感を抱くとともに、そういう警察官らしからぬ開けっぴろげな態度が気にかかった。

「黒田さん、そんな捜査内容に触れることを僕のような者に話してくれるからには、何か目的があるんじゃありませんか」

「ははは、見破られましたか……」

黒田はあっさり認めた。

「じつはこの事件が他殺だと確定したとしても、私は相当な難事件になることを覚悟しているのです。その兆候は、お話ししたように、すでに初動捜査の段階で顕著に表われていると言っていいでしょう。殴打し、湖に放り込むというのは、犯行の手口としてはきわめて単純で、インテリジェンスのかけらも感じられない、ありきたりの強殺かゆきずりの殺人事件と何ら変わりません。ところが実際には金品を盗んでもいないし、どうやら自殺を偽装しようとした疑いさえあるのです。単純どころか、一筋縄ではいかない印象が強まったと言っていいでしょう」

「では、犯行は計画的なものだというふうに考えられるのですか」

「少なくともその可能性がある、とだけ現時点では言っておきましょう。ひとつの問題は動機ですが、これまでの事情聴取の結果からは高村さんが殺されなければならないような情況はまったく浮かんできておりません。高村さんは本因坊に相応《ふさわ》しい高潔な人格者で、他人から恨まれるようなことは考えられない、というのが皆さんの一致したご意見です。しかし、犯罪が行なわれたとするならば、そこには必ず動機が存在するはずで、ひょっとすると、何か見落とされている点がないともかぎりません。もちろん動機にはいろいろなケースが想定できます。われわれはいま、考えられる動機のすべてについて、その現実性を洗い出そうとしております。たとえば先ほどのゆきずりの犯行のほか、当夜、何者かが高村さんに犯罪行為の現場を目撃されたために、急遽《きゅうきょ》犯行に及んだというようなケース。さらには例の秋の宮温泉の鷹住旅館にまで範囲を拡げて捜査を行なうつもりです」

「なるほど、さすが警察ですなあ」

「ところが、われわれの手の届かないというか、探知しにくい面があるのです。それは何かと言いますと、つまり、高村さんがずっと生きてこられた囲碁の世界です」

「棋界が?……」

「そうです。一般的に言って、犯罪の動機は被害者の周囲にあるさまざまなしがらみの中に潜んでいる場合が多いのですから、今度の場合も、もしかすると囲碁界にそれがあると考えるのは、捜査官としては当然です。しかし棋界のことはまるで雲の中のように、さっぱり見当がつきません。しかも、事情聴取をした感じでは判で捺《お》したように同じ答えしか返ってこず、一枚岩の結束さえ感じられます。そこで近江さんへのお願いということになるのですが、東京へ帰られてから、何か高村さんに関して耳よりなことをお聞きになられたような場合、ぜひ私までお報《し》らせ願えないでしょうか。どんな些細《ささい》なことでも結構ですし、決してご迷惑をおかけするようなことにはしません」

近江は苦笑した。

「つまり、スパイをやれとおっしゃる」

「いや、そういうふうには受け取らないでください」

「冗談ですよ。むろん犯罪の解明に協力するのは市民の義務でもあるわけですからね、及ばずながらやってみますが、しかし、棋界関係者から犯人を求めるとなると、僕も含めて今回鳴子に来ていた者が怪しい、ということになりはしませんか」

「いいえ、それは大丈夫です」

黒田はようやく微笑を浮かべた。

「当夜の皆さんの行動についてはすでに調査が完了しておりまして、全員、アリバイがあり、その他、疑惑になるような点もありません」

「ほう、もうそこまでおやりになったのですか。油断がならんもんですなあ」

近江は首を竦《すく》めて、笑い出した。

奥多摩渓谷

1

上野に着いた足で社へ立ち寄った近江を、文芸部長の宮本が待ち受けていた。

「俊《しゅん》さん、えらいことになったよ」

一階ロビー脇の喫茶室へ連れ出し、腰を落ち着けるやいなや、宮本は切り出した。

「天棋戦だがね、どうやら今期かぎりということになりそうだ」

「えっ？」

近江は驚いた。

「天棋戦が廃止されるんですか」

「いや、廃止されはしないが、ウチの主催ではなくなる」

「どういうことです？」

「筋道立てて言うとだね、棋院の方から契約更改の条件なるものが提示されたのだが、その内容たるや、とてものことわが社が呑《の》めるようなものじゃないんだ」

「契約金のアップですか」

「うん」

「どのくらいです」

「一億三千万」

「四千万のアップか……、無茶ですね」

「話にならんよ。それでもかなり譲歩した額だ、と瀬川氏は言ってたらしい」

「瀬川先生が？　それ、いつのことなんですか」

「二十四日だよ」

「じゃあ、鳴子へ出発した日じゃないですか」

「そうだよ。僕もあんたも居なかったし、対局がゴタついてもいかんので、副社長と局長サイドでオフレコにしていたのだがね、そこへもってきてあの騒ぎが起こって、これで情勢が変わるかと思っていたら、昨日になって確認の連絡があったらしい」

「驚いたなあ、ずいぶん強硬ですねえ」

「そうなんだよ、話そのものが藪《やぶ》から棒だし、待ったなしのようなことでね」

「契約の更改に関する条文は、たしか一か月以前に申し出ることというのでしたね」

「うん、更改期日は十一月一日だから、先方の手続きに不備はない」

「しかし金額は非常識でしょう」

「うーん、それもね、創設以来六年間据え置いてきたわけで、スライド制をとっていれば五千万アップしてもおかしくないと主張しているんだな。六年間放置していた責任は双方にあると言えなくもないが、まあ正直なところ、頰《ほお》かぶりしていた罪から言うと、当社に分が悪いことは確かだ」

「それじゃ、この際、条件を呑んだらどうですか」

「冗談じゃないよ、そんな財源があるくらいなら苦労はしないさ。それにね、先方もその辺を見越した上で難問をつきつけてきたフシがある。むろん非公式な情報だがね、J—紙が策動しているという説が入ってきているんだ」

　宮本は競合紙の名を言った。〝J〟といえば四大紙の一つで、規模も発行部数も大東新聞と比較しようがないほど大きい。現在囲碁欄にはアマチュア棋戦を掲載中だが、人気の方はさっぱりで、以前から大型棋戦を主催したがっているのは事実だ。しかし大型棋戦の増設は不可能という情況が一方にある。したがって棋戦を主催掲載するには現在他紙が掲載中のものを奪取するしか方途がないのだ。比較的人気の高い天棋戦などは絶好の目標だろう。

マスコミ各社が棋戦掲載権を欲しがる理由は何かというと、たとえば新聞社においては、購読者の獲得、拡売がその目的だ。購読紙決定の動機《モチベーション》づけに、囲碁将棋欄の充実がばかにならないパーセンテージを占めているという調査結果もある。げんに、大棋戦掲載開始を機に、大東紙の発行部数は目に見えて伸張した。

プロ棋士の収入は、著作の印税収入などを別にすれば、対局料と指導料、それにタイトル戦の賞金によって支えられている。対局料も賞金も、新聞、テレビ、雑誌等、マスコミから支払われるが、マスコミ各社はそれ以外に、棋譜掲載権の契約料を棋院に支払わなければならない。

棋院の有力な財源であり、棋士たちの収入源でもある棋戦の数は、多ければ多いほどいいには違いないが、物理的な理由で自ずから上限がある。つまり、棋士のスケジュール調整がつかなくなるからだ。現在でも〝売れっ子棋士〟は対局過多で悲鳴をあげている。碁の世界で売れっ子といえば、勝率のいい棋士を指すのはいうまでもない。例えば、トーナメント方式の棋戦では、勝ち抜くごとに対局数が増えてゆく。いずれも相手のある〝しごと〟なのだから、双方の棋士のスケジュールを調整して、体調などに不公平の生じないように組み合わせなければならない。棋院の事務局には『手合課』という専門のセクションがあり、年間の対局日程を作成しているのだが、その作業たるや、パズルを解く以上に難解だという。

現在、棋戦の数は十三、『天棋位』はその十三番目のタイトルとして六年前に誕生した。公式棋戦としてはこれが最後のものになろう、というのが常識的な見方であり、実をいえば、この棋戦そのものが、かなりゴリ押しの産物でもあった。近江も天棋戦創設のプロジェクトに参画したひとりだが、幾多の曲折を経ながら、最後に高村を動かして目的を達した苦労など、いま想えば懐かしいばかりである。

「J―新聞社では容易ならぬ相手ですが、しかし、だからといって、棋戦生みの親である大東新聞をソデにするというのは、東京棋院らしからぬ強引なやり口ですねえ。まさか瀬川先生だけの考えじゃないでしょうし」

「一応、理事会の議決を得ていることは確かなようだが、しかし、J―新聞との交渉窓口は瀬川九段だと聞いている。まあ、渉外担当常務という立場からすればやむをえないということなのだろう。現に、あの人も辛《つら》そうには見えた、と局長が言ってたよ」

「すると、結論的には巻き返しの望みはないのですね」

「うーん、まあ悲観的な情勢だね、高村先生でも生きていれば別だが……」

「高村本因坊か……」

その時、近江の胸の裡《うち》でかすかに動くものがあった。高村の死がひとつの意味をもつ、それは最初の兆候であった。

「しかし、ウチとしても手を拱《こまね》いてばかりいるわけにもいかないから、衆院の通産委員会を動かそうという手筈《てはず》になっている。あそこの委員長は脱税事件のスッパ抜き以来、アンチJ—紙の牧野宗一だからね、持っていきようによっては不当競争防止かなんかで、J—新聞の動きを封じ込めてくれるかもしれない」

「牧野代議士ですか……」

どうかな——と近江は首をひねった。

「あの先生は瀬川先生と近しい人ですよ」

「知っているよ、しかしね、ウチとしてもそれなりの手当てはするし、政治家なんてドライだからね、金次第でなんとかなるだろうという考えだ。駄目でもなんでも、途《みち》はそれしかない……」

宮本は腕組みして天を仰いだ。

2

鳴子署内の捜査本部は、事件発生後十日を経て、いよいよ混迷と困惑の度を深めていた。

連日五十名以上の捜査員を繰り出して情報収集に当たらせているにもかかわらず、いまだに目撃者を発見できない。ロイヤルホテルを起点に、道路という道路は、幅一メートル足らずの農道に至るまで調査したが、高村らしい人物が通ったという痕跡《こんせき》はないのだ。

捜査本部は大量の手配書を印刷して宮城県内はもとより、隣接する岩手、秋田、山形、福島の各県警察に配布し目撃者の発見に努めた。手配書は警察署内、派出所などに掲示され、高村の風体——紋付羽織袴——の特徴などが記載されている。

黒田警部は、来るあてのない情報を、捜査本部にあてられた会議室の中でじっと待っていた。

この時点で、捜査員たちの空気は〝自殺説〟に傾きかけている。犯罪が行なわれた形跡がまったく現われないし、とにもかくにも高村が自分の足で死地に赴いたという事実がある以上、これは自殺と断定すべきではないか。目撃者がないことなど二次的な問題だ、とする考えが擡頭《たいとう》した。時日を経るに従い、捜査員たちの士気も鈍る。そういったことに黒田は堪え、ひたすら待った。

そして、待望の〝目撃者〟がついに現われた。十月九日の朝のことである。

この朝、七時頃、宮城県石巻市の漁港付近でちょっとした交通事故があった。市場から自転車で帰宅途中の主婦がトラックに接触して転倒、左腕を骨折したのである。トラックの運転手に過失はなく、後方確認を怠った主婦が急に道路中央に寄ってきたのを避けきれず接触した事故だったが、一応、事情聴取のため石巻署の交通課へ出頭することになった。

運転手の名は品川清、土地っ子で、性格の温和な青年である。署員とも顔馴染《なじ》みだから、事情聴取もほんの形式で、荒立つようなことはなかった。

品川は署内の風景を物珍しげに見渡していたが、交通課と隣の警務課を仕切っている木製の衝立《ついたて》に貼られたビラを眺めて、素頓狂《すっとんきょう》な声を挙げた。

「あれェ、これ、俺《おれ》、見たなあ……」

国道108号は太平洋岸から日本海側へ、東北地方のほぼ中央を東西に横断している。その東の起点が石巻だ。旧《ふる》くは「石巻街道」と称《よ》ばれた道を西北西に河南、涌谷と進み古川に達すると、ここから鳴子までは国道47号に吸収されたかたちになる。鳴子からふたたび47号と岐《わか》れ鬼首峠越えの仙秋サンラインを経由して秋田県側に入り、雄勝、鳥海、由利の各町村を経て、西の起点、本荘市に至っている。

九月二十六日、品川運転手は四トン積みの冷蔵庫にマグロなどを積んで石巻港から本荘まで運んだ。夕刻までには目的地に着き、荷下ろし作業を了えたあと食事を摂り、仮眠して、七時頃、帰途についた。

往路は荷傷《いた》みを懸念して、鳴子から47号線をそのまま直進し、山形県の新庄市から国道13

号を北上して雄勝町までゆく大回りのコースをとったが、帰りは空車の気安さもあって〝鬼首峠越え〟を選んだ。このコースなら108号の一本道、起伏の多さと悪路さえいとわなければかなりの近道になる。

その途中の山道で、たしかに、ビラに書かれたような紋付袴姿の歩行者を見た、と品川は言うのであった。

石巻署からの連絡を受け、鳴子の捜査本部から、ただちに二人の捜査員が石巻へ飛んだ。加久本部長刑事ともうひとりは菅原という、県警からきている若い部長刑事である。

加久本らは、石巻新港の広大な敷地内にある運輸会社の事務所で、品川運転手と落ち合った。品川は〝捜査協力〟という、柄でもない役目を仰せつかったことに照れながら、いそいそと刑事の前に現われた。応接室のテーブルを挟んで自己紹介を済ますと、加久本は早速、テーブルの上に地図を展げた。

「あんたがその人物と出会ったというのは、この地図でいうと、どの辺りかね」

「真《ま》っ暗《くら》だったすからねえ、はっきりしたことは分かんねえけんど……」

言いながら品川は、覆いかぶさるように、地図を覗《のぞ》きこんだ。

「あれ、これは荒雄湖でねえすか、それと鬼首がここだすな」

商売柄、さすがに地図の見方は、速い。

「そうだが、どうかな、分かるかね」

「この地図では、だめですな」

品川は顔を挙げ、困ったような眸で加久本を見返しながら、首を横に振った。

「もう少し先まで出てる地図でねえとな……」

「先？……」

加久本は慌てて地図を取り上げ、自分の方へ向きを変えて展《ひろ》げ直した。

地図は国土地理院発行の二万五千分の一「鬼首」である。南端の鳴子ダムからはじまる荒雄湖と、神滝から鬼首へと続く集落の北端までがスッポリ収まった、まさにうってつけの地図であるはずだった。

「先……、というと、あんた、鬼首のもっと先ということなのかね？」

「んだすよ、俺がそのひとを追い越してから鬼首の村中《むらなか》さ入るまでは、大分《でえぶん》走ったすからね。この地図だば、載ってねえすな」

「追い越した？……」

ふたりの刑事は、唖然《あぜん》として顔を見合わせた。

「あんた、たしか、秋田県の方から鬼首峠を越えてきたっ言《つ》ったね」

「んだす」

「それで、高村さんを追い越したのかね、すれちがったんでなく、追い越したんだね」

「そりゃ、高村さんかなんか知んねえすけんど、そういう格好のひとを追い越したのは間違《まちげ》えねえすよ。真っ暗闇《やみ》の中さ、白い紋と白い足袋だけがはっきり見えて、影みたいな人間が歩いているのは、ちょっと気味悪かったすからね、よく憶えてるんすよ」

品川の話に魅《ひ》き込まれて、刑事のゴツイ顔が、幽霊を見たように蒼《あお》ざめた。

さらに詳しい話を聞いた結果、品川運転手が高村らしい人物を〝追い越した〟場所は、軍沢よりすこし先の不動滝から勘七沢にかけての辺りではないか、ということになった。むろん、付近に人家など一軒もない。北側に標高一〇四〇メートルの片倉森という険阻な高地を中心とする原生林が迫り、南はすべて谷である。日中でも気分のいい場所ではない。そこをたったひとり、紋付羽織袴の老人が蹌踉《そうろう》と歩いていたというのだから、いささか怪談じみている。

およその時間は、午後十一時前後ということであった。

その夜の捜査会議で加久本から報告を聞いて、黒田警部は眉《まゆ》をひそめた。

「どういうことかねえ、これは……」

誰《だれ》ひとり、答える者はいない。あまりにも突拍子もない事実に当惑しきった顔がならんで

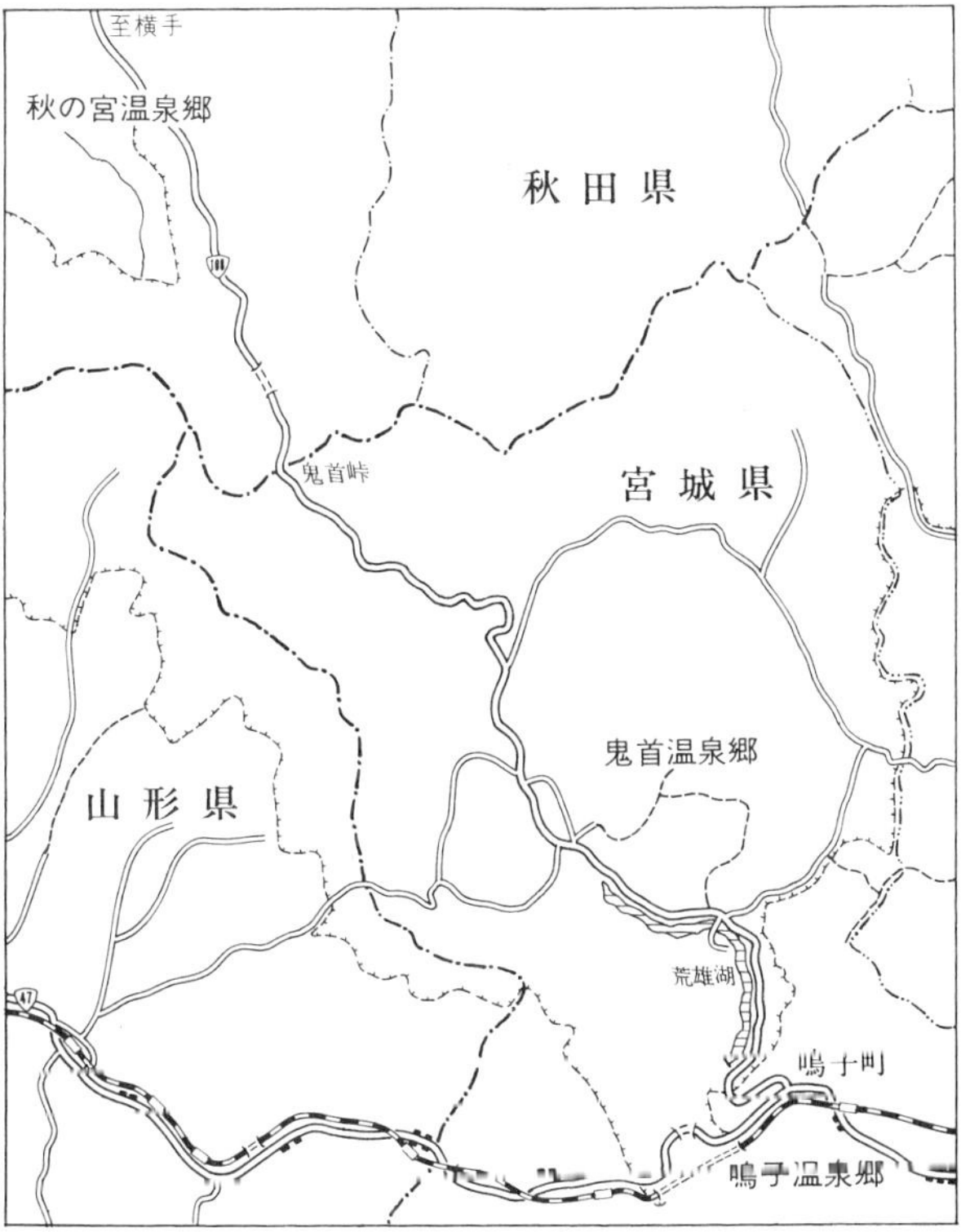

至横手
秋の宮温泉郷
108
秋田県
鬼首峠
宮城県
鬼首温泉郷
山形県
47
荒雄湖
鳴子町
鳴子温泉郷

いた。

「加久本君、あんた、どう思う」

催促されて、加久本は重い口を開いた。

「品川運転手の話を信用できるものとして、彼が見たという人物が高村さんだとすればですね……」

そこでしばらく考えた。

「高村さんは、八時前にロイヤルホテルを出たあと、何者かの運転する車で鬼首峠付近まで行き、そこから徒歩で引き返してきて、湖に落ち、あるいは落とされて、死んだ、というような情況が考えられます」

「そういうことだろうねえ」

黒田は大きく頷いた。

「しかし、何のためにそんなばかげた行動をしたのだろう。それと、高村さんを運んだ車だな、問題は。事件発生以来、あれだけ騒がれ、目撃者捜しに躍起になっているのに、いまだに名乗り出てこないところをみると、この近辺の車ではないか、あるいは何か後ろ暗いところのあるヤツかもしれないな」

「その両方ということも考えられます」

「すると、そいつの目的は何だろう。誘拐でもするつもりだったのかな」

わざと幼稚な発想を言い、自分の言った言葉に照れて、黒田はニヤッと笑った。それは知性の固まりのようなこの男が、はじめて捜査員たちに見せた余裕でもあった。

新たな事実の出現とともに捜査本部は俄然《がぜん》、活気づいた。自殺説は完全に消滅し、九分九厘まで殺人と断定できる状況だ。わずかに事故死の可能性もないではないが、高村を鬼首峠付近まで運んだ〝謎《なぞ》の車〟がある以上、何者かの意志と行為が高村を死に至らしめる結果を生んだことは否定できない。捜査本部の貼り紙は、直ちに〝変死〟から〝殺人〟へと書き換えられた。

とはいっても、これによって捜査の進行が容易になったというわけではない。謎の車および人物の存在は皆目掴めていないし、そもそも、高村がなぜその〝危険な相手〟の車に乗ったのか、また、なぜ鬼首峠から鳴子方向へ向かって歩いていたのかということもさっぱり見当がつかないのだ。〝犯人〟側の立場で考えても、いったん車で拉致《らち》しようとしたものであるなら、なぜ高村を解放し、しかも三時間ほど放置したあとで再び襲い、殺害したのか、説明しようがない。

捜査会議は終日、このテーマをめぐってかんかんがくがく論議が交わされた。そのざわめきの中から捜査の方向を模索しようとして、黒田警部は頭脳をフル回転させていた。

〝天棋位挑戦手合第六局〟の棋譜は十月十日から大東新聞朝刊紙上に掲載されはじめた。いうまでもなく、これは亡き高村本因坊の遺譜である。近江はふだんより掲載日数を増やすようデスクに了解を取り、念入りな観戦記を書いた。

解説は浦上八段に依頼した。紀尾井町の旅館に泊まりこんで、トコトン細部にわたって検討を重ねた。浦上も自戦解説ということで一入《ひとしお》、熱気のある解説を行ない、近江を充分に満足させたのである。

3

掲載がはじまって四日目、近江は市ケ谷にある棋院会館を訪れた。ここは東京棋院の中枢、棋道の総本山ともいうべき場所だ。

用件を済ませ帰りかける近江に、鳴子で記録係を務めた新宮三段が近寄ってきた。

「ごぶさたしてます」

「鳴子以来だね、なんか、懐かしいほど遠い昔に感じるよ」

「天棋戦、読ませていただいてます」

「そう、どうかね、よく書けてるだろ」

「ええ、でも、今日の分はちょっとおかしいところがあります」

「おかしいって、なにが？……」

「これですけど……」

新宮は内ポケットから手帳を取り出し、挟み込んであった棋譜の切り抜きを拡げた。観戦記の文章の一部に赤い傍線が引いてある。

『白36、鋭い着想だ。この一着で自陣を盛りあげるとともに、遠く左辺の黒をにらんでいる。記憶では二、三分で打たれたような気がしたのだが、十二分の考慮が払われているところをみると、高村にしても乾坤《けんこん》一擲《いってき》の勝負手だったのだろう――』

「この三十六の手ですけど、高村先生はたしか、二、三分で打たれたはずです。近江さんの記憶が正しいのです」

　近江はあっけにとられた。

「おいおい、そんなこと言うけど、僕は記録を見て書いてるんだよ。当の記録係はあんたじゃないか」

「はあ、ですから責任感じちゃって……。間違って書いたとしたら、申し訳ないと思いまして……」

「しょうがないなあ、活字になっちまってからじゃ遅いよ」

「はあ、しかし、ほんとうに十二分て書いてあったのでしょうか？」

「なんだなんだ、それじゃ、僕が見間違えたとでも言いたいの？」

「いえ、そういうわけでは……」

「冗談じゃないよ、僕は、観戦記にも書いたとおり、十二という数字を見て、わが目を疑ったくらいだからね、見間違えるわけはない」

近江は腹が立ってきた。囲碁人には変わり種が多いから、付き合っていてあまり愉快でないことも起こるが、多くは他愛がなく、笑って済ませられるものだ。しかし、自分の職業上のミスにつながるような場合となると話はべつである。しかも、今回の観戦記には高村本因坊の遺譜ということと、おそらくは最後の天棋戦執筆になるであろうことの、二重の意義がかかっている。近江としては久久、姿勢を正して取り組んだ仕事だけに、新宮のミスを宥《ゆる》せない気がした。

新宮は、いままで見たこともない近江の立腹に蒼《あお》くなった。大人びた顔をしているが、まだ二十歳《はたち》になったばかりの青年だ。それを相手に本気で腹を立てている自分にいや気がさして、近江は物も言わずに新宮に背中を見せ、会館を出た。

過ぎたことにあまりウジウジ言わない性質《たち》の近江が、今度ばかりは妙にこだわる気持が尾を引いた。とり返しのつかぬミス――と思う一方で、どうせ読者には分かりゃしない――とつっぱねた考えが浮かぶ。それがまた、やり切れない。それじゃ、俺の仕事はいったいなんだ——と自嘲《じちょう》したくなる。

その夜、近江は渋谷で痛飲し、帰宅してからも妻に当たり散らした。近江は晩婚で、妻のひで子とは丁度ひと回り齢の差がある。ウシ年同士でどちらかといえばのんびりムードの家庭が、珍しく、荒れた。そのあとで、

「夕方、新宮さんから電話があったわよ」とひで子が言った。

「今晩、会いたかったんですって」

「ふん、いまさら詫《わ》びられたって、しょうがねえ」

「とにかく、伝えましたからね」

ピシャッと言い、その話はそれっきりになった。

翌朝、文芸部長の宮本と会う約束になっていたが、近江は寝過ごして約束の時間に間に合いそうもなく、断わりの電話を入れた。

「そうかい、来ないの……」

「すみません」

「いや、そんなことはどうでもいいけど……、それより、その口吻《くちぶり》だと俊さん、まだ知らないのだね」

「何を、ですか」

「じつはね、いましがた社会部から聞いたのだが、新宮三段が死んだよ」

「なんですって？……」

「昨日《きのう》の夜中らしいが、奥多摩の橋から真逆様だそうだ」

近江はとつぜん、吐き気に襲われた。

「ちょっと、すみません……」

受話器を置いて洗面台へ駆け寄ったとたん、にがい粘液が幾度もこみあげてきた。


国鉄青梅線の日向和田《ひなたわだ》駅から奥多摩街道を多摩川上流に向かって一〇〇メートルほど行ったところで左折すると、すぐに奥多摩渓谷を渡るアーチ橋に出会う。橋の名は神代《じんだい》橋といい、真下の川まで優に五〇メートルを超す大型の美しい橋だ。この辺りは流れの傾斜がきつく、川幅の半分ほどが、ところどころ河原石を露出させた瀬になっている。

新宮は橋の上から浅瀬へ向かって、おそらく逆立ちのような格好で墜落したらしい。

発見者は地元の奥多摩町役場に勤める高橋という中年の男性で、毎朝、ジョギングでこの橋を通るコースを走っている。その日もいつもどおり七時前頃神代橋にさしかかった。橋を渡る前に何気なく川面を見て、人間が倒れているのを発見したという。

高橋の通報で青梅署員が駆けつける一方、救急車も出動したが、すでに死亡していることが確認されたために、直ちに検視の作業が進められた。

死者の身元はスーツの内ポケットに運転免許証が入っていたので、すぐに分かった。所持品はそのほかに、二万三千円入りの財布、手帳、ライター、ハンカチとバラ銭が少し。デジタル式の国産腕時計は河原石に激突して読み取り不能になっていた。

新宮は流れの中になかば沈み、顔もうつぶせに水に漬かった状態で死んでいたが、死因は頭部挫傷《ざしょう》および頭蓋骨《ずがいこつ》骨折がそのまま致命傷と推定され、のちの司法解剖の結果でも、それが裏付けられた。また、毒物は検出されなかった。

死亡時刻は夜中の十二時から二時頃までの範囲と見られた。その時間帯に、街道を外《そ》れてこの橋を渡る車はめったになく、目撃者の出現は期待できそうにない。

橋の南詰めから五〇メートルほどの道路脇《わき》に、クリーム色の小型車が放置されていた。ナンバーを照会した結果、その車の持ち主は千葉県柏市豊四季に住む新宮茂夫であることが判明した。つまり、新宮友雄三段の実父である。車内から十数個の指紋が検出されたが、ハンドル付近の、比較的新しい指紋はすべて新宮自身のものであった。

青梅署と警視庁捜査一課は現場の情況から、ほぼ、自殺と推定して、裏付けのための捜査を始めた。

前日の新宮の足取りはまもなく調べがついた。午後二時頃に棋院会館を出たあと、新宮はその足で、新宿西口の甲州街道に面したビルの地下にある囲碁クラブに顔を出している。この日は笠間七段を囲む囲碁同好会の月例コンペが開かれ、新宮は審判と指導を手伝うことになっていた。笠間七段は新宮の師匠にあたり、軽妙な語り口の解説で、棋院の広報活動になくてはならぬ存在として知られている。

「そういえば新宮君、いつもの元気さがありませんでした」

笠間は沈痛な表情で刑事の問いに応じた。

「夕食を隣の寿司屋で摂ったのですが、寿司好きの彼がいっこうに食が進みませんでね、すっかり考え込んじまって、何か悩みごとがあるような気はしたのですが……」

大会は七時半頃《ごろ》に終わっている。囲碁クラブを出てからの新宮の行先はしばらく分からなかったが、夕刻近くになって、瀬川九段から「何かのご参考になれば……」ということで警察に連絡が入った。それによると、新宮は新宿の囲碁クラブからまっすぐ瀬川宅へ向かったらしい。渋谷区西原の瀬川家までは車で二十分程度の距離だが、新宮は八時前には瀬川家のチャイムを鳴らしていた。

「約束していたわけではないので、新宮君の来訪はちょっと意外でした。それに、ひどく思い詰めた様子でした。顔を合わせるなりお辞儀をして『申し訳ないことをしました』と言うのです。なんでも、棋譜の記録を書き間違えたことで、ある人に叱《しか》られたということでした。本来ならば私も叱らなければならない立場ですが、新宮君の悄気《しょげ》ようがあまりひどいので、済んだことだから、と、かえって慰めて帰しました。それにしても、まさか自殺するほどまで思い詰めているとは考えませんでしたが……」

その〝ある人〟というのは誰なのか、瀬川は言いたくなさそうだったが、警察からしつこく訊《き》かれ、ようやく「近江」の名を明かした。

近江はその夜、遅くまで〝おけい〟で飲んでいた。前夜にひき続いて、にがい酒を度を越した飲み方をした。新宮の死が自殺らしいということは宮本文芸部長も言っていたが、むしろ、近江自身が直感的にそう思った。自殺の原因が自分の叱責《しっせき》にあるのではないか――という想いは、情況がはっきりしてくるにつれて、ますます強くなっていった。

（たったあれだけのことで――）と信じられない気もするが、さりとて、完全に否定し去る自信もない。

帰宅すると、妻のひでて子が着替えもしないで起きていて、蒼ざめた顔で出迎えた。

「警察の人が来たわよ。あしたまた来るって言うから、新聞社の方へ行ってもらうようにしたけど……、何かあったの？」

「新宮三段のことだろう」

「ああ、新宮さん、自殺だったんですってね。でも、そのこととあなたと、何か関係でも？……」

「あるわけないだろ、ばか！」

近江は上着を畳の上へ投げ捨てた。妻は怯《おび》えた眸《め》をして、黙った。

翌日、大東新聞社を刑事が二人、訪れた。近江は一昨日の新宮とのやりとりを話した。べつに脚色を加えるようなことをしなかったのに、刑事はくり返し同じことを質問したあげく、最後に、

「失礼ですが、同夜十二時から二時頃まで、どちらにおられましたか」

と訊いた。近江はあっけにとられた。

「アリバイ、ですか？」

「いや、気を悪くしないでください。警察としては、ひととおりの調査をやりませんと、具合が悪いもので」

刑事は苦笑しながら言った。まんざら本音でないこともなさそうだった。しかし、いくらとおりいっぺんの手続上のこととはいえ、警察からそういう目で接触を受けた経験がないだけに、あまり気持のいいものではなかった。

「十二時頃でしたら、まだ渋谷で飲んでいたと思いますよ」

「分かりました」

刑事は〝おけい〟の所在地を訊いて、帰った。時間の点はしかし、はっきり自信が持てなかった。かなり酔っていたことは確かだから、あるいはもっと遅かったのかもしれないし、ふだんよりピッチがあがっていたことからすると、逆に早い時間だった可能性もある。しかし、奥多摩までの距離を考えれば、一応のアリバイは成立するだろう。これがもしそうでなければ、容疑者のリストに名を連ねかねないところだ。

（容疑者、か――）

近江は首を竦《すく》めながら、そうしてみると、警察はかならずしも、完全に自殺と断定したわけではないのかもしれない、と思った。自殺だとすれば、その原因は自分にあるのだろうか、ほんとうに、わずかあれしきのことで死ななければならないものだろうか、いや、死ねるものだろうか――。

ふと思いついて、近江は机の抽斗《ひきだし》から例の棋譜を取り出した。何度見直しても、問題の三十六手目の考慮時間を示す数字は《12》に間違いない。

「俺は、正しい！」

近江は鉛筆の先で、その数字を突いた。とたん、近江の眸は釘《くぎ》づけになった。

「112……か……」

《12》の数字の前に、鉛筆で突いた痕《あと》が《1》と書き加わって《112》と、読める。元の《12》は赤のボールペンで書かれていて、鉛筆の色とは歴然とした差がある。それにもかかわらず、全体として《112》と読めないことはないのだ。もし《1》が赤色で書かれたなら、ほとんど見分けがつくまい。

近江は社内電話のダイヤルを回して、社会部の友人を呼んだ。

「新宮三段が死ぬ前、最後に会ったのは誰か、分かるかい」

「最後かどうか、決定的なことは知らんが、現在、分かっている足取りによれば、最後に瀬川九段の家に立ち寄っているそうだ」

(やはり、そうか――)

近江は緊張した。電話を切ったあとも、受話器を持つ手はそのままに、もう一度、ダイヤルを回した。

浦上は家にいた。

――ああ、近江さん……。

まるで救いを求めるような声が返ってきた。

――新宮三段、どうしたのでしょう。

「そのことでね浦さん、話があるんだけど」

――じゃあ、これからそっちへ行きます。

一時間後、ふたりは大東新聞社近くの喫茶店で会った。会うなり、近江は事務的な口調で、例の三十六手目の考慮時間の謎について話した。

「こんなことあんたに訊くと、あんまりいい気分がしないかもしれないけど、瀬川先生が棋譜に手を加えた、なんてことはありえないだろうねえ」

「どういう意味ですか」

「僕が棋譜を受け取ったのは直接、新宮君からじゃなくて、瀬川先生からなんだ。先生は新宮君に頼まれたって言われたが、新宮君がそんな依頼をするのは変だなと、その時、ちらっと思ったんだよ」

「じゃあ、先生が新宮三段から棋譜を取り上げて、考慮時間に手を加えたとでも……」

「いや、取り上げたっていうと語弊があるけどさ、研究したいからとかなんとか……」

「まさか。だいいち、何のために……」

「目的は分からないよ。しかしね、ほかに考えようがないでしょうが。新宮君にミスがなくて僕が何もしていないとなれば、改竄《かいざん》のチャンスは、そこしかない」

浦上は唇を嚙《か》んだ。

「じつを言うとね、浦さん、考慮時間なんてものは、観戦記を書くとき、そう気にしないもんなんだけど、今度のことがあって、改めて調べてみたんだ。そしたらね、問題の三十六手だけじゃなく、ほかにも僕の記憶と違う個所がいくつかあるように思えてね。もっとも、僕は対局中、控室の方へ行ったりして席を外すことが多かったから、自信のあることは言えないけどさ、例えば六十六手目の右辺でキリを入れた手なんか、僕の記憶ではほんの一、二分で打ったような気がするのに『11』って記入されてるんだよね」

「右辺のキリ、ですか……」

浦上は局面を想い浮かべた。白が中央にノビた頭を黒がハネ、そこを白が気合いよくキッた。激しいせり合いが始まる……。

「あれはたしか、二日目の最初の頃でしたね」

「そうそう」

「言われてみれば、そうですね、あのキリはそんなに時間をかけずに打たれたな。一分か二分か知らないけど、十分ってことはありませんでしたよ」

「十一分だよ」

「十一分……」

「だからね、僕は『1』を『11』にしたんじゃないかと思うんだ。三十六手目だって『2』を『12』にしたに違いないよ。他にもまだあるかもしれない」

「しかし……、何のために……」

「分からない、しかし、瀬川先生がいたずらや酔狂で、そんなばかげたことをするわけもないしね」

「待ってくださいよ、瀬川先生がやったと決まったわけではないでしょう。先生に訊いてみるまでは……」

そこまで言いかけて、浦上は「あっ」と息を呑んだ。反射的に近江を見ると、近江の複雑な眸の色にでくわした。

「じゃあ、新宮三段は、瀬川先生にそのことを問い質《ただ》しに……」

「うん」と、近江は頷《うなず》いた。

「あれは責任感の強い青年だったからね、おそらく、過失の原因をつきとめずにはいられなかったのだろう」

「しかし、その結果として自殺の道を選んだということは、やはり新宮君のミスだったのでは……」

「浦さん」

近江は掌《て》を挙げて、浦上を制した。

「自殺の結論はまだ出ていないみたいなんだ。まあそれはいいとして、ほんとうにそう思うなら、ひとつ、もう一度この棋譜を見直してみてくれないか」

　近江は内ポケットから、六つに畳んだ棋譜のコピーを取り出した。

「これを調べ直して、その結果、僕の思い過ごしだと分かれば、あんたの師匠を冒瀆《ぼうとく》したことに対して、手をついてでも謝るよ」

　棋譜をテーブルの上に置くと、その手で伝票を拾い、近江は席を立った。

「では」と近江は手をあげたが、浦上は挨拶《あいさつ》を返す気にもなれず、近江の後ろ姿を睨《にら》みつけるように見送った。たとえ近江の真意がどうであれ、恩師を悪《あ》しき企《たくら》みの元凶のように色づけることに、本能的ともいえる反発を感じた。それは同時に、自分の心にしのび入る疑惑への恐れであり憤《いか》りであることも、浦上には分かっていた。

　浦上は荒荒しい手つきで棋譜を摑《つか》み、展《ひろ》げた。

　B４の紙に碁罫《けい》が描かれ、小さな算用数字が書き込まれている。原本は、黒番は黒のボールペン、白番は赤のボールペンで書いてあるのだが、これはコピーだから黒一色で、判読しにくい。奇数は黒、偶数は白、と読み分けるしかない。用紙の下位置に手数《てかず》を示す数字が印刷され、さらにそれぞれの下に考慮時間が記入されている。近江が言っていたとおり、『36』の下に『12』、『66』の下には『11』と書かれている。つまり、三十六手目には十二分、六十六手目には十一分の考慮が払われたことを示しているのだが、その数字がはじめからそのように書かれたものなのか、それとも後から『1』を加筆したものか、見たかぎりでは、原本の筆跡鑑定を行なったとしても判別できるとは思えなかった。
浦上は吐息をつき、視線を棋譜用紙の上端に転じた。そこには対局のデータが記録してある。

棋戦名　天棋位挑戦手合第六局
対局日　昭和五十×年九月二十五、六日
場所　宮城県鳴子町、鳴子ロイヤルホテル雲竜の間
対局者　互先　高村秀道天棋・本因坊
　　　　先番　浦上彰夫八段
　　　　　（五目半コミ出し）
持ち時間　各九時間
立合人　貝沼英次九段
記録係　新宮友雄三段

目で文字を追う浦上の脳裡《のうり》に、対局室の風景が甦《よみがえ》ってくる。正面に床の間を背にした高村

本因坊。左側の立合人席には貝沼、近江、新宮の順に緊張した顔が並んでいた。

貝沼の開局宣言からしばらく間を取って第一着の黒石を盤上に置いたのだった。

（あれは、五分か、六分か――）

浦上は棋譜に目を落とした。『6』と記録されている。浦上は自分の記憶の確かさに満足した。

本因坊が第二手を打つまで、かなりの時間を使ったことも憶えている。考慮時間を示す数字は『15』。それも浦上の記憶に残る感覚と合致した。

この二つの着手に払われた考慮時間は「考慮」というより、両対局者がそれぞれ精神的な態勢づくりのために費やしたものであったろう。そのあとは、着手の運びと考慮時間とのあいだに、一応の必然性があるものと考えていい。

だが、昼食休憩直後、本因坊は本局中最大の長考に入っている。

『24』――91

この数字を見て、浦上はいまさらのように驚いた。二十四手目の平凡な一着のために一時間三十一分もの大長考を払った真意は何だったのだろう。

あらためて思い返してみると、それ以後の本因坊の考慮時間には妙にギクシャクしたところがあった。そのことは終局後に近江も指摘していたのだった。すると問題の三十六手目にも近江が言うような〝疑点〟があるのだろうか。

浦上は目を閉じて、数手前に遡《さかのぼ》った局面を思い浮かべ、双方の着手を一手一手、その場その場の情景とダブらせながら打ち進めた。

碁盤の向こうにいる羽織袴《はかま》の高村の一挙一動がコマ落としの映画を見るように、記憶のスクリーンを掠《かす》め去る。高村の痩せた指の先で、吸い口のところまで燃え尽きた煙草《たばこ》の灰が袴の膝《ひざ》に落ちる。無意識の裡《うち》に吸殻を灰皿の底に押しつぶす。白扇を拾い、一折ぶんだけ展げ、閉じる。パチンパチンという音が数回響き、やおら碁石を摑み、切れ込むような鋭さで盤上に打ち据える。

『32、33、34、35』そして問題の三十六手目――。このあたりは難しい局面だった。おそらく本因坊は長考するもの、と浦上は思ったのだ。ところが意表を衝《つ》く速さで白石が置かれ、度胆《どぎも》を抜かれたのを憶《おぼ》えている。

(そうか、あの手が三十六手目だったのか)と浦上はあらためて本因坊の鋭さに舌を巻いた。

だが、近江が指摘したとおり、棋譜には『12』と記入されている。一、二分の誤差ならともかく、十分もの開きがあっては自分の記憶違いと片付けるわけにはいかない。三十六手目に十二分もの考慮が払われた事実は、断じてない。浦上はにわかに不安を感じはじめた。まさか——と思いながらも、棋譜の先を確かめたい衝動に駆られた。

『37、38、39……50、51、52、53、54、55、56、57、58……』

（そうだ、この手の気鋭にも驚かされたっけ——）

その前の五十七手目、浦上は工夫を凝らし、〝絶妙〟を確信して打っている。それに対して高村は、ほとんど無造作と思えるような態度で碁笥《ごけ》に手をつっこみ、白石を抓《つま》むやいなや、さっと盤上に打ち下ろした。

（消費時間は一分か、それとも二分だったか——）

その時の本因坊の迫力を思い描きながら、浦上は紙面の数字を確かめた。

『58』——11

（そんな、ばかな——）

浦上は愕然《がくぜん》とした。またしても——という想いがこみあげてきた。やはりこれは何者かが改竄《かいざん》を行なったとしか考えようがない。そして、その機会があった者といえば、新宮三段と近江俊介を別にすれば、ただひとりしかいない。
額から血の気が引いてゆくのを感じながら、それに抗《さか》らうように浦上は立ちあがった。

疑惑

1

国電市ケ谷駅から道路ひとつ隔てたブロックの一角に八階建のこぢんまりしたビルがある。白い壁に大きな埋め込み文字で「東京棋院」と書かれているのが、外堀通りを走る車からも、よく見える。ここが、わが国囲碁界の総本山ともいうべき財団法人東京棋院・棋院会館である。

棋院に所属する現役棋士は三百名に近く、関西と中部地区に総本部、北海道、九州に本部を置き、また、全国各地に一千個所を超える支部・碁友会組織がある。

棋院はさまざまな事業活動を行なっているが、その主なものは、各種棋戦の運営、棋士の養成、アマ段級位の認定と免許状の発行、出版等で、その事業規模は戦後の一時期を別にすれば毎年急速に伸張し、いまや膨大なスケールにふくれあがっている。

棋院の組織の頂点は理事会である。棋院運営の議決および執行機関だから、その権限は絶大なものといえよう。理事会は理事長以下二十八名の理事によって構成されている。うち、十一名は財界人で、このほうは、予算案件を承認する定例会に顔を出す程度で、運営の主体は棋士理事に委ねられている。もうひとつ、理事会の上部機関として総裁、名誉総裁、顧問などの役職があり、それこそ、わが国の政・財界の大物が名前を連ねているけれど、これもいわばカンバンのようなもので、通常の事業運営に容喙《ようかい》するようなことはほとんど、ない。

十月十五日、棋院会館六階にある会議室で緊急理事会が開かれた。中尾名人ほか三名は対局日に当たっていたため欠席したが、それ以外の棋士理事はすべて出席している。

理事長の大元《おおもと》秀一郎は、ことし七十六歳。高齢だが、矍鑠《かくしゃく》として棋院総帥の激務をこなしている。大正末期から昭和初期にかけて棋士として活躍したが、戦後まもなく、かなりの若さで現役を退き、棋院の運営に専念した。もともと碁の才能より経営の才に恵まれていたのであろう。荒廃した棋界を建て直し、今日の隆盛に導いた功績は広く認められている。老人としては長身で恰幅《かっぷく》もいいが、一見したところはいかにも好好爺《こうこうや》然《ぜん》としたこの人物のどこを押せば、政治家や財界人も舌を巻くほどの経営手腕が揮えるのか、ふしぎな気がする。

「高村さんのご不幸に続いて新宮三段のことと、まことに悲しむべき出来事が重なりました。

理事の皆さんも、また棋士諸君も、さぞかし沈痛のきわみであろうかと思います」

大元は、朗朗とひびく柔らかな声で、言った。

「しかし皆さん、こういう期《とき》にこそ、われわれ役員たるもの、こぞって前向きの姿勢であらねばなりません。事業に停滞は許されないのであります。幸い、懸案となっておりました会館移転用地の問題も明るい見通しになってまいりましたし、天棋戦移行問題も円満解決の方向で進捗《しんちょく》しているとのことであります。これを機に、棋界のいっそうの繁栄と棋士諸君の生活向上を目指し、ご尽力くださるようお願いします」

挨拶を終えると、大元は瀬川九段を指名した。渉外担当常務理事の瀬川が大元の後継者になるであろうことは、大方が予想している。また、それだけの実力の持ち主であることも誰もが認めていた。武家の商法というが、瀬川ほど商才と渉外の才に長《た》けた棋士は、他にいない。若くして棋院の対外的な業務を担ってきたところなど、大元理事長を彷彿《ほうふつ》させる。棋院の役職に就くことを拒みとおして、棋道一筋を貫いた高村本因坊とは、まさに好対照といえる。

瀬川と高村――この兄弟弟子に対する評価は棋士たちのあいだでも岐《わか》れていた。碁打ちらしくない、まるで能吏のような瀬川の生き方を潔しとしない者もいるし、逆に、高村の狷介《けんかい》ともいうべき高潔さをきらう者もいた。とはいっても、瀬川の柔、高村の剛が棋界の双璧《そうへき》であり、棋院の両輪として機能していた点は否定できない。実際、この対照的な性格を持つふたりが、同時に無二の親友であることによって、棋院の運営がスムーズにいく場合が多かった。

理事会の運営をリードするにあたって、瀬川は、よく、高村に示唆を求め、その意見を採り入れたといわれている。高村はいわば在野の一般棋士の頂点に立つ存在であり、政治的に無色だ。それだけに、主張することはすべて、思惑や外圧に捉《とら》われぬ、正論といっていい。これは何よりも、対社会的な説得力を持つ。棋士たちの多くが「高村先生の言うことなら——」と納得し、棋院の運営もまた、それに従って誤るということはなかった。

高村の死によってひとつの時代が終わり、ある意味では瀬川体制がより鞏固《きょうこ》になったともいえる。けれども〝純粋派〟棋士は、そのよき代弁者を喪《うしな》い、無力感と欲求不満を託《かこ》つようになる可能性が生じたことも確かだ。それをどのように慰撫《いぶ》してゆくかが、瀬川にとっての、ひとつの命題でもあった。

「ただいま理事長からご説明がありましたとおり、懸案の二件につきましては、関係各方面への折衝も完了いたしまして、ようやく最終的な事務処理段階を迎えるに至りました」

瀬川はこの日もむろん、羽織袴の正装である。背筋はしゃんと伸び、声の張りも普段と変わらない。しかし、くわしく瀬川を知る者の目で見れば、頰《ほお》のあたりの翳《かげ》りに深い心労の色を読み取ることができるであろう。

「九月二十四日に口頭で大東新聞社に提示いたしました天棋戦契約更改の申し入れに対して、即日、同社より応じられない旨、回答があり、その後数次に亙《わた》る折衝にもかかわらず、今日現在なお、歩み寄りの可能性はほとんどないと言ってよい状態であります。今後かりに先方の態度が軟化することがあるとしても、双方の数字には大幅な開きがあり、再契約までに至ることはありえないと判断して差し支えないと考えます。一方、十月一日以降、内内に打診を受けておりますJ—新聞社から、このほど正式に天棋戦誘致の申し入れがありましたのでご報告しますと、同棋戦に関する契約金の提示額は一億五千万円、となっております」

瀬川の言葉に、理事たちのあいだでどよめきの声が起きた。これはじつに、現行の金額に六千万円を上積みすることになり、大東新聞社に対して提示してある希望額よりも、さらに二千万円多い。財政状態の悪い大東新聞社が対抗できる額ではなかった。

「新会館建設を控え、棋院財政の充実は私どもに課せられた急務であります。その点については前回の理事会におきまして、皆さんのご賛同をいただき、その方向に沿って鋭意、努力をしてまいりました結果、ある程度、ご期待に添える成果を挙げられる見通しになりつつあると思います。今後ともいっそうご尽力賜わりますようお願いして、私のご報告を終わります」

拍手は湧《わ》いたが、一座に複雑な空気が流れたことも見逃せない。天棋戦移行によって莫大《ばくだい》な収入増加があるのは歓迎するが、そのために大東新聞社をソデにすることに心的抵抗がはたらく。言ってみれば、札束で横面を張られるような感じだ。それに天棋戦は、いまは亡き高村本因坊の腐心の産物だ。(高村さんが生きていたら、なんと言っただろう)という感慨を、理事たちは一様に抱いた。かといって、表立《おもてだ》って非を唱える者はいない。なんといっても財政が潤沢になるのは好ましいことなのだし、反対すべき論理も持ち合わせていなかった。

理事会はこのあと、高村の死によって空位となっている本因坊位に、すでに挑戦者決定リーグで優勝し、高村との挑戦《ちようせん》手合七番勝負が予定されていた芦田九段を推挙することを満場一致で可決して、散会した。

少し不自由な右脚をひきずって、大元理事長が退席するのを見送ったあと、冷えた紅茶を啜《すす》ったり煙草を吸ったりの、くつろいだ雑談になった。

「本因坊戦といえば、瀬川先生、今期の予選トーナメントでは、えらい張り切りようではありませんか」

理事のひとりが話しかけた。

「そうそう」と和す者が何人かいて、全員が興味深そうに瀬川を見た。

「いや、焼けぼっくいに火がついたようなものです」

瀬川は頭を掻《か》いた。

本因坊位挑戦者を選ぶリーグ戦は八人の棋士によって構成されるが、対戦終了後、成績下位の三名が、予選トーナメントを勝ち上がった三名と入れ替わるシステムになっている。来期のリーグ戦入りを目指す予選トーナメントがすでに始まっていて、二回戦から登場した瀬川が四回戦までを勝ち抜いていた。このところ、各種棋戦で〝出ると負け〟を繰り返していた瀬川としては、久久の進撃ぶりということになる。

「それはご謙遜《けんそん》でしょう。昨日《きのう》、土井八段に会ったら、四回戦でひどい目に遭ったとこぼしてましたよ。瀬川先生ならいただきだと思っていた、なんて怪しからんことを言ってましたから、いまの瀬川先生には高村本因坊が乗り移っているんだからって、そう言ってやりました」

瀬川は笑おうとして、表情がこわばった。その変化に、相手は気付かない。

「手合課の木下君から聞いたのですが、トーナメント表の同じ山で浦上八段が頑張っているから、ひょっとすると、師弟対局が実現するんじゃないかと、もっぱらの評判らしいですよ」

そのことは瀬川も知っている。このまま勝ち進めば、リーグ参入を決める最後の一局で浦上と対戦するはずであった。

「ははは、残念ながらご期待には添えないでしょうな。浦上君はともかく、私はもう、息切れがしている」

「そんなことはありませんよ、このところ、対局中の先生は目の色が違う。お若い頃の姿を彷彿させます。あ、そうそう、師弟対局どころか、父子対局ということになるんじゃありませんか、お嬢さんと浦上君のご結婚は間近いのでしょう」

「ええ、彼も一人前にタイトルを取りましたしね、そろそろその気になってくれるはずですが、どうも、碁と同じで、ヨセにアマイところがあります」

周囲が笑いになった。瀬川もようやく、気持が和んだ。


一階のロビーに礼子がつくねんと、待っていた。

「なんだ、浦上君と会うのじゃなかったのかい」

「ええ、いないの、彼」

「昨日《きのう》もいなかったのだろ」

「そう、夜も電話してみたんだけど、それもずいぶん遅くまでね」

礼子は穏やかでない眸の色をした。

「しょうがないな、また、近江俊介にでもつかまっているのじゃないかな」

「だからパパ、代わりに付き合って、デパート」

「そりゃかまわないが、わたしが付き合ってもしょうがないだろう」

「いいのよ、傍についていてくれれば」

礼子は車を渋谷のデパートへ向けて走らせた。青山通りの渋滞を、いかにもまだるっこそうに、強引な割り込みをくり返して、ぐいぐいアクセルを踏む。

（勝ち気なところは、死んだ母親にそっくりだな——）と、瀬川は慈愛と危惧《きぐ》のないまざった眸で眺めていた。

「浦上君は結婚のこと、どう言ってる？」

「どうって？……」

「いつ頃がいいとかさ」

「いつでもいいんですって、こっちに任せるって」

「礼子はどうなんだ」

「私も、いつでもいいの」

「なんだ、両方でそんな風じゃ、埒《らち》があかないじゃないか。浦上君が任せると言ってるのなら、どんどん事を運べばいい」

「だって、私ひとりじゃ、何もできやしないわ。お仲人さんをお願いしに行くんだって、彰夫さんと一緒でなきゃだめだし、そのためのお話をしようにも、相手がつかまらないのですもの」

「わかった、わかった……」

瀬川は礼子が泣き出すのではないか、と心配になった。

「わたしから浦上君に話してやろう。しかしまあ、彼も忙しい男だから、或《あ》る程度は理解してやらんとな」

「それは、分かってます」

「そうか……」

瀬川は少し、しんみりした口調になった。

「わたしも歳《とし》だしな、礼子が早く落ち着いてくれないと、いろいろ心配なのだ。人間、いつどうなるか分からないからね」

「やだなあ、そんな心細いこと言っちゃ」

「いや、たとえばの話さ。しかし、浦上君とのことは早い方がいいよ」

「はい、そうします」

最後は礼子も、従順《すなお》に答えた。

る。

浦上から近江に「会いたい」という電話が入ったのは、喫茶店で別れた二日後のことである。

「済みませんが、僕のところへ来てもらいたいのです」

ひどく弱弱しい声だった。何か重大な事実を伝えたい気持が、その中に籠《こも》っているのを、近江は感じた。

「行きますよ、すぐに行く」

近江はふたつ返事で答え、社内打ち合わせをすっぽかした。実のところ、ああいう〝宿題〟を浦上に与えたことは、近江自身にとってもたいへんな負担だった。じっと息をひそめる想いで浦上からの連絡を待ちのぞんでいた、というのが実感だ。

浦上のマンションは羽沢ガーデンを通り過ぎた邸宅街の中にある。羽沢ガーデンでは囲碁・将棋のタイトル戦がしばしば催される。そのマンションに住む動機を浦上が「タイトルに一歩でも近づきたいから」と、半分本気のような顔で語っていたのを思い出す。

チャイムを鳴らすと、中から微《かす》かな声で「どうぞ」と応答があった。

浦上は六畳の和室の中央に、碁盤と対峙《たいじ》する格好で正座していた。玄関からダイニングルームを透《とお》して、その斜め後ろ姿が見える。

「上がらせてもらうよ」

近江の声にようやく、首を捩《ね》じ向けた。

「どうしたんだい、やつれた顔をしているじゃないの」

「不精髭《ぶしょうひげ》のせいでしょう」

浦上は苦笑して、顎《あご》のあたりを撫《な》でた。なるほど、蒼い髭がうっすらと浮いている。しかし、面やつれは髭のせいばかりとは思えなかった。

「不精髭とは、浦さんにしちゃ、珍しいね」

「そうでもない。家にいるときは、物臭《ものぐさ》なものです」

近江は浦上の脇に立って、碁盤を見下ろした。盤上には一局分の碁石がきちんとした構図を形づくっている。

「なんだ、どこかで見た図だと思ったら、これ、鳴子対局の最終譜じゃないの」

「そうです、先刻《さっき》並べ終わって、それで電話したんです」

「並べ終わったって……、それ、どういう意味さ」

「二日かかったということです」

「ふつか……、じゃあ、浦さん、おとといから二日がかりで、この碁を並べたの？」

「ええ」

「どういうことだい」

「近江さんに言われた、考慮時間を調べるために、同じ情況を再現してみたのです」

近江は絶句して、浦上の顔をまじまじと眺めながら、畳に腰を下ろした。

「その結果、やはりこの棋譜は大幅に改竄されていることが分かりました」

浦上は棋譜を近江に差し出した。

「そう……、それは……、しかしねえ浦さん、なにもそんなにまでして……。じゃあ、ろくすっぽ、メシだって食ってないんじゃない？」

「ええまあ、しかし、その代わりにあれを飲《や》ってましたから」

顎をしゃくった先の壁際に、スコッチが二本、空になって転がっていた。

近江は嘆息した。

「しょうがねえなあ……」

「それより、棋譜を見てくださいよ、赤い数字を書き込んだのが、僕の記憶にある考慮時間です」

近江は棋譜に視線を落とした。赤数字は三十二手目の《1》にはじまって、全部で六個所あった。いずれも《1》か《2》で、それは元の数字から《10》を引いた数だ。つまり逆にいえば、改竄は本来の数字の左に《1》を書き加えることによって行なわれたことになる。

「六個所か……」

「六個所です」

「そんなにあったの……」

そのこと自体よりも、この事実を発見する作業に費やされたすさまじいエネルギーを想像して、近江は驚嘆と感動の籠った眸を浦上に向けた。

プロ棋士なら誰だって、棋譜の丸暗記ぐらいは朝メシ前だ。しかし、真剣勝負の最中、相手の手はもちろん、自分の打った手の考慮時間でさえ、はっきりとは憶えていない。かりに記憶されるとしても、それは意識下のことだろう。その、あるかないか分からぬような記憶を、もういちど、しかも精密に掘り起こすためには、二十時間になんなんとする対局のすべての情景を心象に再現しなければなるまい。

三日に亙って、浦上はおそらく、盤の向こう側に本因坊の幻影を見ながら石を打ち続けていたに違いない。いや、ときには浦上自身が本因坊の化身となって、盤を挟《はさ》む空間に対峙したのかもしれない。

「たいへんだったね」

されている。

「たいへんでした」

浦上はやや俯《うつむ》きながら、率直に答えた。盤上には高村本因坊が投了した瞬間の棋譜が再現されている。

「僕には、高村先生の頭脳がどういう構造になっているのか、理解できなかった……」

浦上は身じろぎもせず、言った。

「こんな凄《すご》い手を、どうして一分や二分で打つことができたのか、です。いや、思いつかないという意味ではないのです。直感で浮かんだ手が最善の妙手、という場合だってありますからね。しかし、実際に盤上に打つ、となると話はべつです。裏付けやら、他の手との比較やら、数百手を読まないことには、石を下ろす気になれないものです。少なくとも僕には怕《こわ》くて、できない。たとえ目をつぶって打とうとしても、心理的にものすごいブレーキがかかるのです。それを本因坊は事ともせず、打っている。僕は生涯かかっても、本因坊の域に達することはできない、と思いました」

それからしばらく、沈黙が流れた。近江は気分をほぐすように、煙草を取り出し、のんびりした仕草で火を点《つ》けた。

「それで浦さん、その六個所だけど、瀬川先生が改竄したとして、いったい、その目的はなんだろうねえ」

「うーん……」

はじめて、浦上の軀《からだ》が揺れた。正座を解《と》いて胡座《あぐら》に変える。辛《つら》そうな表情になっていた。

「僕には分かりません、ただ、その前に言えることは、それらの手はどれも、そんな短時間で打てる手ではない――、いや、たとえ本因坊のような天才であっても、プロとして本来、軽率に打ってはならない個所であることだけは断言できます。閃《ひらめ》きにまかせて打っては、あまりにも危険すぎる。げんにその結果、高村先生は失着を打つことになったのですからね。だから、もしかすると、瀬川先生は本因坊の遺譜から瑕瑾《きず》を無くすために、あえて手を加えたのではないかと思ったりもしたのですが……」

言ってから浦上は苦笑して、首を横に振った。

「これはしかし、詭弁《きべん》ですか」

「だろうね」

近江は気の毒そうに、言った。浦上の苦衷は理解できるけれど、それが改竄の動機だというのは説得力に欠ける。当の浦上にしたところが、そんなことは百も承知なのだ。

「しかし、だとすると、何が目的だったのですかねえ……」

こんどは逆に、浦上が疑問を投げた。

「分からんねえ、ただのいたずらなんてことはないだろうし」

近江はお手あげのポーズをしてみせた。

「まあいいや、ゆっくり考えることにして、それより浦さん、メシを食いに出よう、今日は僕がおごるよ」

「いや、僕がご馳走《ちそう》しますよ。天棋戦の賞金が入りましたしね」

「そうか、ブルジョアか。しかし、今日は僕のおごりだ。その代わり、あとでおけいに付き合ってよ」

「いいでしょう、あはは、近江さんも強情なひとだなあ」

（おや？）と近江は訝《いぶか》った。こういう老成した物言いは、いままでの浦上にはなかった。

（この男、成長したな）と、そんなふうに思えた。

近江は奮発して、すき焼をつつくことにした。あとにおけいを控えているから飯は食わず、肉を中心に、という注文をしたために、思わぬ出費となったが、浦上の労苦を犒《ねぎら》うには、それでもまだ足りないような気がした。

「鳴子の方は、妙なことになってきたそうだ」

近江は、社会部から仕入れたばかりの情報を話した。

「高村先生がロイヤルホテルを出て死ぬまでのあいだに、六キロばかり歩いたらしいってことは、知ってるよね」

「ええ、ホテルから現場まで、でしょう」

「そうそう、捜査本部もわれわれもそう思い込んでいたのさ。ところがね、意外や意外、じつは本因坊が歩いていたのは、はるか遠くの鬼首峠付近で、それも逆の方向、つまり、峠から鳴子に向かって下ってくるところを目撃した人が現われたんだ」

「どういうことなんですか、それ」

浦上には、よく呑《の》み込めない。

「つまりさ、結論として他殺の公算が強くなったということじゃないかな。少なくとも、本因坊を乗せて峠近くまで運んだ車があることはたしかなんだから、その車を運転した何者かが本因坊の死に関わっているのは間違いない。しかもマスコミがこれだけ騒ぎ立てているにもかかわらず、いまだに名乗り出てこないというのは、大いに怪しい」

「じゃあ、その車を捜せばいいわけですか」

「かんたんに言うけど、相当、難しいんじゃないの。下手すりゃ、迷宮《おみや》入りってことになるかもしれないな」

「しかし、ちょっとおかしいですね」

「何が」

「他殺だとして、犯人は高村先生を峠近くまで運んだ車の運転手だとすればですよ、なぜその場で先生を殺さなかったのですかねえ。先生は車を降りてから数キロも歩いているわけでしょう。その間、車と運転手はどこへ行ってたんです？　まさか先生の後からノロノロ尾行していたわけではないでしょう」

「いや、目撃したトラックの運ちゃんの話では、付近に車はおろか、人っ子ひとりいなかったそうだ」

「だったら、犯人はいちど先生を自由にさせておいて、それからあらためて追いかけ、殺した、というわけですか。なんだか、殺人事件にしては、ばかに間が抜けてるなあ」

「そう言や、そうだな」

「僕は思うのですが、高村先生の事件と新宮三段の事件、よく似ていませんか。両方とも頭に傷があって、水の中に落ちている」

「なるほど、それは言えるね。自殺のムードがある点もそっくりだ。違うのは、新宮君の場合は、頭の傷がそのまま致命傷になったというところか」

「それだって、墜落した時に河原の石で受けた傷か、その前に地上で殴られた傷か、見分けがつかないのではないでしょうか」

「うーん、かなりひどい打撲傷を、ほとんど全身に受けていたらしいからね、とくに頭なんかめちゃめちゃだったそうだ。脳漿《のうしょう》なんかも飛び散ったりして……、いや、なんだか具合の悪い話になっちまったな」

　近江は取りかけた肉から、箸《はし》を放した。ぐつぐつ泡立つ鍋《なべ》に白滝がとぐろを巻いている様子は、連想がよくない。

「僕は充分、食いましたから」

　浦上は笑った。

「そう、なら、この辺で止《や》めとこうか」

「近江さん、見かけによらず気が弱いのですね」

「ああ、僕はガキの頃からそのテの話には弱くてね」

　煙草を銜《くわ》え、ライターを使う近江を見て、浦上の背筋を一瞬、悪寒のようなものが奔《はし》った。

「本因坊が持っていたライターだけど、あれ、どこかで見たような気がするんですが、どうしても思い出せない」

「よくあるヤツじゃないの」

「いや、あんなのは珍しいですよ。それに、どう見ても女物のようでしょう。高村先生には似合わない」

「女物だったら、礼子さんが使ってるのを見たんじゃないの」

「いや、彼女のは違います。形も色もぜんぜん違う」

「礼子さんといえば、二日も三日もほっぽっといていいの。惱《おこ》られないかい」

「電話は何回もかけてきたらしいけど、煩《うるさ》いから、電話をフトン巻きにして、居留守をきめこみました」

「ひどいフィアンセだな」

ふたりは声をたてて、笑った。

「瀬川先生か……」

礼子からの連想が、ふたたび浦上の気持に翳を投じた。あの不可解な改竄の目的は何なのか。

「浦さん、その話はもうよそうや」

「はあ……」

「僕はもう一度、鳴子へ行ってみようと思っている。鳴子へ行って、本因坊が歩いた鬼首峠の道を辿《たど》ってみたいのだ。すべての謎《なぞ》の根源はやはり、鳴子にあるからね。それに、そろそろ紅葉も見頃だろうし」

「僕もお供したいな」

「いや、浦さんは本業に専念しなさいよ。それからフィアンセの方も大切にしなきゃ。とにかく、タイトルを持っている内に結婚した方がいい。男は家庭を持つと……」

あとの言葉が続かず、近江はバツが悪そうな照れ笑いを浮かべて、しきりに顎を撫でた。まったくのところ、家庭人としては落第生に等しい近江が〝家庭〟を論じるのは、柄ではない。

「それから、もう一度言っとくけど、瀬川先生のこと、あまりこだわらん方がいいよ。オヤジさんになる人だからね、それにあの先生が悪い事などできるはずのないことは、浦さんが一番よく知ってるはずだ」

浦上は小さく頷いた。近江の優しさが、身に沁《し》みた。

3

風景のどこが変化したとも気付かせず、都会の秋はいつのまにか、しのび寄っている。

近江俊介が鳴子へ向けて旅立ったのと同じ日、浦上は礼子を伴って――というより、礼子にひきずられるようにして、東奔西走した。午前中は湘南葉山に、仲人を依頼する堀田家を訪ね、午後は式場の予約、そしてデパートと、この機を逸してなるものかと言わんばかりに、礼子は車を駆った。実際、この日を境に浦上の対局スケジュールが詰まってくるのだが、それにしても、ここ一番というときの女のタフさには、浦上はつくづく感嘆した。運転にしろ、買物にしろ、すべて礼子まかせ、浦上はほとんど無能だ。

それでもどうにか予定どおりに事が運び、礼子は上機嫌であった。

「四時に、パパがニューオータニで待っているの、今日の結果報告、彰夫さんからしてあげて」

永すぎた春にようやく終止符を打てる秋《とき》がきて、瀬川父娘の慶《よろこ》び満ちている様子が、浦上にはこそばゆくもあり、何かしら重大な責任を背負いこみそうなためらいを感じもした。

瀬川はガーデンラウンジの窓寄りのテーブルに陣取っていて、ふたりを手を挙げて迎えた。

床から天井までの大きな窓の向こうは見事な庭園で、人工の滝が落ちている。その風景を背にすると、瀬川の和服姿がひときわ、ひき立った。

「この前も、ここで落ち合ったんだね」

「はあ、あれは、鳴子へ行く前前日でした」

「そうそう、あの時は君はまだ無冠だったが、いまは押しも押されもせぬ天棋位保持者だ。なんとなく貫禄《かんろく》がついたよ」

瀬川は満足そうな笑みを浮かべて、椅子《いす》の背に反った。

その瞬間、それまで瀬川の姿があった空間に、浦上は幻影を見た。

赤いライター——。

瀬川の斜め後ろの席は、いまは空席だが、あの日その席で、赤いライターを使って煙草に火を点けた男がいた。瀬川と話しながら、ぼんやりとそのライターを眺めていたのを、浦上はははっきり思い出した。女物のような、珍しいタイプのライターを、男の無骨な掌が玩《もてあそ》んでいるのを見て、どういうわけか不快に思ったのだった。

男の顔がどんなだったかは思い浮かばない。もっとも、ライターにしても、鳴子で現物にお目にかからなければ、はっきりとイメージが固定化することはなかっただろう。

（そうか、ここで見たのか――）

妙に気にかかっていた記憶の断片が、その所在を知ってみると、ばかにあっけなかった。高村がそれと同じ型のライターを偶然、所持していたというだけのことで、そのあいだには、何の脈絡もない。

「彰夫さん」と、礼子が浦上の肘《ひじ》をつついて催促の合図を送ってきた。

「今日、葉山の堀田先生のお宅へお邪魔して、あらためて媒酌人のお願いをしてまいりました」

浦上は姿勢を正して、鹿爪《しかつめ》らしく報告をした。

「堀田先生ご夫妻とも、喜んでお引き受けするとおっしゃってくださいました」

「そう、それはよかった、それで、式はいつにしたの」

「十二月八日が大安で、先生もその日がよかろうと……」

「開戦記念日か……、それもいいね」

「高村先生がいらっしゃれば、丁度よかったのにね」

礼子が言ったとたん、瀬川は「やめなさい」と叱責《しっせき》した。怕い顔になっていた。

「不吉な話をするものじゃない」

「いけない」と礼子は舌を出した。

その夜は瀬川家で、前祝いの意をこめた晩餐《ばんさん》を予定していた。ちょっと人と会ってから帰るという瀬川を置いて、若い二人は渋谷区西原の瀬川宅へ向かった。浦上にとっては久久の訪問である。

西原は大きな邸宅の多い閑静な街だ。表通りといってもバスがやっとすれちがえる程度の道路で、ひとつ裏の通りに入ると車の通行もなく、日中でさえ、人気《ひとけ》が途絶《とだ》えていることが多い。

瀬川家は和風の平屋である。石塀《いしべい》と建物のあいだにあるささやかな庭は、瀬川の自慢だ。浦上たちが内弟子生活をしていた頃は、門を入ると玄関まで二条の石畳が敷かれ、左右の地面を丈の低い篠《しの》が蔽《おお》っていたものだが、いまは玄関前だけ切り開かれ、コンクリート敷の駐車スペースが二台分、設《しつら》えてある。たとえ一部でも、愛庭を潰《つぶ》すのはさぞ忍びないことだったろう。人がそのことを言うと、瀬川はきまって「娘には勝てませんから」と笑った。

その駐車スペースに、礼子は慣れたハンドル捌《さば》きで車を乗り入れた。

「あの晩、新宮三段はこの隣に車を駐《と》めたのですか」

ふと、浦上は訊《き》いた。

「ええ、でも、その時牧野さんが見えてて、駐車場が満パイだったの。それで新宮さんは路上駐車しようとしたんだけど、牧野さんが『ウチの車は人が乗っているから路上駐車していても平気だから』っておっしゃって、新宮さんの車を中に入れてあげたのよ」

「そうですか、牧野代議士が見えてたのですか」

「ちらっとお寄りになったみたいだけれど、先に秘書さんたちを帰して、結局お泊まりになったわ。なんだか、ずいぶん遅くまでパパと話し込んでいたみたい」

車の気配を聞きつけて、勝手口から美代が顔を覗《のぞ》かせた。

「あーら彰夫さん、いらっしゃい」

太り肉《じし》を震わせるようにして、若やいだ声を出した。

「またァ、だめよ、お美代さん」

「あらいけない、浦上先生、でしたわね。ごめんあそばせ」

美代は屈託なく、笑う。

「いいんですよ、お美代さんに先生なんて言われると、くすぐったくてしょうがない」

美代は瀬川の亡妻・誠子が嫁入りのときに随《つ》いてきた侍女である。誠子は本田伯爵の息女《そくじょ》として生まれ、太平洋戦争のさなかに、父伯爵が可愛《かわい》がっていた瀬川のもとへ嫁いだのだが、その時、美代は「碁打ち風情のところへ……」と嘆いたそうである。瀬川が内弟子をとるようになったのは誠子が他界した後《のち》だから、浦上はもちろん写真で見る以外は、その顔を知らない。美代に言わせると「高貴で美しいお姫《ひい》さま」ということになる。写真で見るかぎりでは、満更、身びいきというわけでもなさそうだった。

瀬川邸は、玄関の式台を上がると左右に廊下が岐れている。左へゆくとすぐ、庭に面した広縁を右に折れることになる。広縁には三つの部屋が面している。手前から客間、居間、書斎の順だ。玄関を入って右へゆくと台所に行き当たる。台所へは勝手口からも直接入ることができる。

礼子は浦上を客間に案内した。「居間の方がいいですよ」と言うのに、「今日はお客さまでいて」と、半ば命令口調で言った。

建物そのものは純日本風の造りだが、いまはそのほとんどを洋風に住まっている。客間には分厚い絨緞《じゅうたん》が敷かれ、応接セットが置かれてある。それらが床の間や違い棚と同居している情景は、丁度、幕末時代を描いた映画の一シーンを見るようだ。

床の間の中央には相変わらず、紫の紐《ひも》をかけた桐箱《きりばこ》が飾ってある。桐箱の中身は瀬川秘蔵の銘盤だ。裏に〝秀哉〟の揮毫《きごう》がある。「わたしはもう駄目だが、きみが本因坊になったら、この盤をあげよう」と、かつて瀬川は浦上に約束した。瀬川がまだ五十を超えて間もなくの頃だ。それを言う時の師の顔が、ひどく寂しげだったのを、浦上は鮮明に記憶している。当時すでに瀬川は理事の公務に忙殺され、各種棋戦で〝出ると負け〟のような状態が久しく続いていた。（先生は堕落した――）と、その時浦上は単純に思った。五人いた内弟子たちの四人までが瀬川に見切りをつけて、去った。もっとも、彼らは自分の非才を師の所為《せい》にしたようなところもあった。その証拠に、四人が四人とも三段に上がることなく、現役を去っている。

いまにして懐《おも》えば瀬川は棋院の犠牲になったともいえる。大元理事長は早くから瀬川の経営の才を見究め、その役を解かなかった。

「盤をあげよう」と言った言葉には瀬川の諦観《ていかん》があったのかもしれない。棋士としての最大の夢である本因坊位を、最愛の弟子に託すしか術《すべ》がなくなった時、〝勝負師・瀬川〟は死んだことになる。

廊下に礼子の跫音《あしおと》がして、障子が開いた。「あっ」という小さな悲鳴のようなものが礼子の口から洩《も》れ、見ると、礼子は恐怖にひきつった眸でこっちを見ている。

「どうしたのです」

「ああびっくりした。彰夫さんが新宮さんみたいに見えたものだから……」

「いやだなあ、妙なこと言わないでくださいよ」

「ごめんなさい、だって、新宮さんもそんな風に俯いて、そこに座っていらしたのですもの。彰夫さん、長椅子《ソファー》の方へお座りになって」

「すると、新宮三段はこの部屋にいたのですか」

「ええ」

「しかし、牧野先生がおいでだったのでしょう」

「ええ、でも、新宮さんが見えたとき、遠慮なさって居間の方へ移られたの」

「なるほど」

客間と居間は襖《ふすま》で仕切られていて、すぐに抜けられる。

「しかし、新宮君に間違われるなんて、そんなに僕、死にそうな顔をしてましたか」

「やあね、そうじゃないけど、すごく真剣に考えていらしたみたいで、その感じがよく似てたの。死にそうどころか、なんだか慍っているみたいだったわ」

礼子は紅茶を載せた盆を、テーブルの上に置いて、浦上と並んで長椅子に座った。

「お茶を出しても挨拶《あいさつ》を忘れているくらいだから、新宮さんよほど昂奮《こうふん》してらしたのね。帰る時も玄関へお見送りに出たのに、知らん顔よ。やっぱり普通じゃなかったわ」

浦上は紅茶を啜った。礼子の話で、その時の新宮の様子がおおよそ想像できた。それはしかし、それまで浦上が描いていた印象とは少し違うように思える。近江などからの間接的な知識では、新宮はひどく悄気《しょげ》こんだ様子だったはずである。ところが礼子は「慍っているみたい」だったという。イメージの問題だから、人それぞれの受け取り方があるかもしれないが、悄気ているのと慍っているのとでは、受ける印象がまるで違うのではないだろうか。

瀬川が警察などに対して説明した内容には脚色があったのではないか、という疑惑が浦上の心の隅に芽を出し、急速に成長した。改竄が瀬川の手によってなされたのであれば、それは充分、考えられることだ。やはり新宮は詫《わ》びに来たどころか、ことの真偽を確かめに来たのではなかったのか。ことによると、詰《なじ》るようなニュアンスで瀬川に迫るといった情況だってあったのかもしれない。断じて真相を究明するのだ――ぐらいの不退転の勢いだったともいえよう。

しかし、その結果自殺したということであれば、非はやはり新宮にあったのだろうか。いや、その前に、新宮の死が自殺なのかどうかという疑問もある。もし他殺だとすれば――と思った時、浦上の脳裡《のうり》に〝瀬川〟の名が浮かんだ。

（ばかな！）

慌てて首を振る浦上の顔を、礼子の不安に満ちた眸がみつめていた。

山脈のかなたへ

1

　ほぼ一か月ぶりに鳴子署を訪れてみて、近江は署内の活気のなさに驚いた。これが捜査本部の置かれている警察署なのか、という感じである。第一、人間の数が疎《まば》らだ。報道関係者の姿も見えない。「捜査本部」の貼《は》り紙さえなければ、事件はとうの昔に解決したような錯覚に陥りそうだ。

　受付で刺を通じると、まもなく、黒田警部が現われた。

「やあ、その節はどうも」

　笑顔の裏に屈託が滲《にじ》んでいた。

「こちらこそ、いろいろお世話になりました」

「こんどはまた、どういうご用件で？」

「いや、用件というほどのことはないのですが、荒雄湖の現場へ行って、本因坊の冥福《めいふく》を祈り、かたがた、その後の捜査の進展具合などお聴かせいただこうと思いまして」

「そうですか」

黒田は少し思案して、「ちょっと入りませんか」と、捜査本部で使っている会議室へ近江を誘《いざな》った。室には誰《だれ》もいない。捜査員の行先を示す黒板には、黒田を除く全員の分に記載があった。

「ここは本来、部外者の立入りは禁止されておりますがね、一応、近江さんには捜査に協力していただくという建前で、誰かに何か言われたら、そうおっしゃってください。ブン屋さんにでも見つかると煩いですからね。あ、そういえば、あなたもブン屋さんでしたなあ」

「いや、私の方は、コロシを追いかけるといっても、盤上の生き死にのことですから」

近江は碁を打つ手付きをして、笑った。

「ところで全員出動というのは、何か新事態でも発生したのですか」

「それならいいのですがね」

黒田は苦笑して否定の意を表わした。

「だいぶ、難航しているのですか」

「正直言って、めざましい進展ぶりとはいえないでしょうね。捜査員諸君はそれなりに努力していのですが、いかにも手がかりがなさすぎます」

「支局の者から聞いたのですが、捜査本部の規模を縮小したそうですね」

「それは、当初ほどの人海戦術は必要なくなりましたからね、まあ、じっくり腰を据えてかかるとなると、人数もぐっと絞り込んだメンバーで臨むほうがいいわけでして」

「少数精鋭というヤツですか」

「そういうことですな」

ははは、と黒田は、乾いた笑い方をした。

捜査本部が〝少数精鋭〟を打ち出すのは、だいたいにおいて、捜査活動が停滞している証左と考えていい。手がかりとなるような遺留品や痕跡《こんせき》、あるいは情況などが豊富にある場合には、その裏付けやら聞き込み捜査で、人手がいくらあっても足りないから、人員の削減などはありえないし、捜査費用をケチるようなことも少ない。しかし、いくら動き回ってもめぼしい収穫も進展も見られないような状態が続けば、上層部としてそのまま放置しておくわけにはいかなくなる。

もともと、今回の事件に対しては捜査当局に最初から、ためらいと自信のなさがあった。「変死事件」という扱い方は、その及び腰ぶりを示す好事例だが、その後、高村本因坊を何者かが鬼首峠付近まで運んだという事実があきらかになって、捜査本部の看板を「殺人事件」と書き換えたにもかかわらず、一〇〇パーセント「犯罪ノ行ナワレタコトヲ確定スベキ根拠」となる物的証拠を発見できない状態が続いていることに変わりはないのだ。捜査員にしてみれば、存在するのかしないのか分からない〝犯人〟の幻を追い求めているような、やりきれない気分に落ち入ったとしても無理からぬことだ。

「迷宮入りということもありえますか」

近江は相手の痛いところを衝《つ》いた。

「現地点では迷宮入りというようなことは考えておりません」

黒田は急に硬い表情になって、公式的なことを言った。

「ところで近江さん、東京で若い棋士が自殺したそうじゃありませんか」

「ええ、新宮三段です」

こんどは近江が苦い顔をした。

「なんでも、鳴子の対局に来ていた人だと聞きましたが」

「そうです。記録係を務めました」

「それで、棋譜を書き間違えた責任を感じたあまり、自殺したとか……」

とぼけた口調で訊いているが、黒田はすでにかなり細かい部分まで調べている、と近江は判断し、先手を打った。

「原因は僕の叱責にあると考えている人が多いそうですよ」

「ほう、そんなことがあったのですか」

本心ともとれる口調で、黒田は言った。

「しかし、その程度のことで、あたら若いいのちを捨てるものでしょうかねえ」

「それは僕には何とも言えません。僕のせいで彼を死に追いやった可能性がある以上、それを否定することは逃げ口上でしかないですからね」

「なるほど、そのお気持はよく分かります。ただですね、私が知りたいのは、その新宮三段の自殺は高村さんの事件と関係がないのかどうかということなのです。いかがですか、近江さんは何かご存知じゃありませんか」

「それは……」

言いかけて、近江はおや、と思った。

「そういうことでしたら、僕などに訊くより警視庁に問い合わせられた方が正確なんじゃありませんか」

「おっしゃるとおりです」

黒田は渋い顔を歪《ゆが》めて、無理に微笑した。

「その作業は一応やりました」

「それで、どうでした」

「しかし、思ったほど色よい回答が得られませんでね。ありていに言えば、処理済の事件をかき回さないでくれ、といった感じです」

「一種のセクショナリズムですか」

「それもあるかもしれませんが、私はひょっとすると、東京棋院あたりの力がはたらいているのではないかという気がするのです。棋院の総裁は大物政治家だし、囲碁界のイメージをこれ以上悪くするのは希《のぞ》ましくないでしょうからね……、いや、これは田舎者の僻《ひが》みかもしれませんから、あくまでオフレコの話ですがね」

　黒田は、口がすべったと言いたげに、笑いながら付け加えた。

（ありえないことではない――）と、しかし近江は思った。印象どおり、黒田はかなかな鋭い捜査能力を持った男だ。おそらく本人としては、なろうことなら東京へ出掛けて行って事の真相を洗ってみたい衝動に駆られているに違いない。だが警視庁の意向を無視して勝手に動くことは容《ゆる》されない。そこが組織人のつらいところであり、その欲求不満がつい口を衝いて出たというところだろう。

　近江はよほど、棋譜の改竄《かいざん》の一件をこの若い警部に話そうかと思ったが、結局、思いとどまった。そのことと高村の事件とのあいだにつながりがあるとは考えられないし、不確定要素の多いことを洩らして、その結果瀬川九段や浦上たちに迷惑をかけるようなことになるのは本意ではない。

「警部さんは新宮三段の自殺と高村先生の事件とのあいだに、どのような関係があると予測されるのですか」

「いや、予測といったものはありません。正直なところを言えば、ワラをも摑《つか》むという心境かもしれない。ただですね、聞いた感じでは東京《あちら》の事件も、死に至る情況が似かよっているように思うのです。いったい、自殺という判断に誤りはないのかと、そんな勘繰《かんぐ》りまでしたくなるのですよ」

「なるほど……」

相槌《あいづち》を打ちながら、近江は愕然《がくぜん》とした。黒田は浦上と同じことを考えているのだ。

「すると、新宮三段の死は他殺の可能性があるということですか」

「そうはっきりは言いませんが、しかし、もし殺しだとすれば、その手口が両方の事件に共通していることだけはたしかですね」

「では、同一犯人の仕業だと？……」

「ははは、田舎者の妄想かもしれませんけれどね」

黒田はまたしても自嘲《じちょう》ぎみに、言った。

「しかし、キツイことを言えば、こちらの捜査自体、まだはっきりしてないのでしょう」

「そのとおりどうも常識では量りかねるような点ばかりでして、たとえば高村さんが鬼首峠の方から歩いてきた、などというのも、いまだにどういうことなのか理解に苦しんでいます。そこへもってきて、殺人事件だとすれば、いったい動機は何なのかですね。近江さんはじめ、皆さんのお話を聴いたかぎりでは、高村先生が他人に恨まれるようなことは考えられないようです。手口から見ると物盗《と》りの仕業だが、金品を奪われた形跡はない。喧嘩《けんか》やゆきずりの凶行と言ったって、あんな山の中では、タヌキかキツネと出会うくらいなものでしょうしね。これでは、情況的なことはともかく、物証的に殺人事件を確定するためには、材料不足を指摘されてもやむをえないくらいです」

「では、警察では目下、どういう方針で捜査を進めているのですか」

「まず、とにかく、高村さんを鬼首峠付近まで運んだと見られる問題の車捜し、これ一点に絞っています。というより、それ以外に手がかりと呼べるようなものがないのです」

「しかし、車種も大きさも分からない車を、どうやって捜すのですか」

「たしかにその点を衝かれると困るのですが、といって、ぜんぜん目安がないわけでもありませんよ」

黒田はようやく、キレ者らしい眸を見せた。

「たとえば、車種の見当がつかないといっても、或《あ》る程度のワクは考えられます。車は乗用車でそれも、一六〇〇ｃｃ以上のセダンでしょう」

近江は驚いた。

「ほう、どういうところから、そんなことが割り出せるのですか」

「その前にですね、高村さんが問題の車に乗るときの情況を想定しましょう。第一に高村さんは拉致《らち》されたのではないということ、これは服装に大きな乱れがなかったことから断定できます。高村さんは自分の意志でその車に乗ったということです。第二点は、その理由についてですが、これはあくまで想像の域を出ませんが、高村さんはおそらくハイヤーと勘違いしたのではないかと思えるフシがある。前夜にハイヤーを予約しておいて、その時間に合わせてホテルを出ているという様子から、それをすっぽかして他の車を利用するとは考えられませんからね。この二つの点から、問題の車はハイヤーとほぼ同じ規模の乗用車であると推定したのです」

「なるほど」

「つぎに、車の側《がわ》はどのように行動したかですが。まず、ロイヤルホテル前で高村さんを乗せ、真直ぐ鬼首峠方向へ向かったことはたしかでしょう。そして、鬼首峠の手前で高村さんを降ろした……」

「なぜ、手前と？」

「まあ、常識的な考え方ですがね、真夜中に西も東も分からない山中に降り立ったなら、何か目的がないかぎり、人家に近そうな方角を選んで歩きだすでしょう。おそらく車を降りた地点は登り坂にかかっていて、まだ分水嶺を越えていないと判断できたに違いありません」

「なるほど」

「それから車は高村さんを残して走り去り、高村さんは麓《ふもと》を目指して歩きだす。やがて、三、四時間後、車は引き返してきて、高村さんを襲うことになる。いや、もちろんこれは仮説ですがね、しかし現時点で犯罪事実を描き出そうとすると、こう考えるしかないのです」

「分かりますよ、それに、そんなひどい虚構だとは思いません」

「ご理解いただいて、感謝します」

黒田は笑った。

「さて、そこでですね、もし、この仮説が正しければ、犯人がいったいどこへ向かっていたか、目的地について重大な示唆を発見することができるのです。それはどういうことかというと、犯人の車は三、四時間後にふたたび現場に現われたのですから、片道一時間半ないし二時間の行程を往復してきたことになる。キロ程に換算すれば、ほぼ六、七〇キロの範囲ということになるでしょう。走りづめに走ったか、あるいはどこかで長時間停車していたか、それにスピードの問題も勘案しなければなりませんが、いずれにしても、その範囲内のどこかでUターンしてきたという事実には変わりはないわけです」

「なるほど、そのUターンした地点こそ、犯人の目的地である、というわけですね」

「可能性の問題ですがね、まあかなりの確率はあると思うのですよ。それと同時にですね、共犯者もしくは、犯行を教唆した人物の存在も考えられます。というのはですね、高村さんを降ろした時点では、車を運転していた人物には殺意がなかったと思われるからです。それが一時間半以上も経って、とつじょ殺意に駆られるには、それなりのキッカケがなければなりません。それはまあ、高村さんと口論か何かあって、別れたあとひとりで考えている内に怒りが噴きあがったということだってありえないとは言いませんが、ふつうは一時間も経《た》てば昂奮《こうふん》も収まるはずですから、そのキッカケは第三者によって与えられた公算が強いのです。だとすると、その第三者がいた場所こそが、その車の目的地であると考えてほぼ間違いないでしょう」

「すばらしい、さすがですねえ」

近江は心底、感心した。さすがは警察だ、手がかりひとつないような情況の中で、地道に理詰めに、やるべきことはやっている。

「そう手放しで褒められるとテレくさいですよ。じつはまったく別の見方も半分はあるわけでしてね、たとえば、その車というのが、いわゆる白タクをきめこむつもりで高村さんを乗せ、道中の丁度真ん中あたりで法外な料金を吹っかけ、それに慍った高村さんが車を降りた、という仮説がいまのところ最有力なのですがね、それだと、運転手自身が高村さんの密告《タレコミ》を惧《おそ》れての犯行という可能性が大きい。こういう不安感というヤツは、時が経《た》つとともに強まりますからね、一時間半後に殺意が固まったとしても不思議ではありません。そうなると、Uターンの場所はかならずしも目的地であるとはかぎらないし、第三の人物の存在も、かなり訝《あや》しくなってきます」

「なるほど、たしかにそれもそうですね」

「ははは、どうもそう、いちいち感心されては困りますな。要するにわれわれとしては皆目、真相が摑めていないというお粗末なのですから」

「いや、しかし白タク説はかなり有力なのではありませんか。捜査の対象も絞りやすいでしょう」

「ところが実際はそううまくはいかないのですよ。第一、鳴子町付近一帯には白タク常習者なんてものは存在しないのだそうです。結局、先刻《さっき》言った六、七〇キロの範囲内で、その可能性のある車輛《しゃりょう》とその所有者を洗い出す以外、方法はないというわけです」

「六、七〇キロというと、どの辺りまでが含まれるのですか」

「これを見てください」

近江の背後の壁に、鬼首峠を中心とするツギハギだらけの地図が貼られてある。

「宮城県側では、鳴子町、岩出山町、古川市、一迫町、築館町あたりまでが含まれるでしょう。秋田県側ですと、雄勝町から北へ、湯沢市、十文字町、横手市。西へ行って鳥海村あたり。南なら、院内から真室川町あたりまででしょうね」

「聞いたことのある地名が多いですね」

「そうでしょうね、横手のかまくら、鳥海山、真室川音頭などは、全国的に有名です」

「湯沢はたしか、酒の爛漫《らんまん》の産地でしょう」

「ほう、近江さん、かなりいけるクチのようですね。よくご存知だ」

「それにしても広いですねえ、これを全部、当たるのですか」

「一応は、そういうことです」

黒田は〝一応〟にアクセントをつけた。

「宮城県側はともかく、秋田県側となると、今日なんかも、各警察署へ捜査員を派遣して協力方を要請してはいるのですが、なにぶんモトが雲を摑むような話ですからね、先方さんも、迷惑なことでしょうよ」

「では、収穫は期待できそうもない、というわけですか」

「ははは、それを自分に言わせるのは、酷というものです」

黒田は不得要領な笑い方をした。

「しかし、ここまで話していただいたのですから、ついでということもあるし……」

「いや、これまで話した程度の内容は、ブン屋さんなら大抵、知っていますよ。こんな町ですからね、捜査情況なんか筒抜けです。それが証拠に、今日は誰も来ていないでしょう、捜査員が出払っていることをちゃんと知っているからですよ」

なるほど——と近江は納得がいった。そうでもなければ、捜査主任官が捜査の進展情況をペラペラ喋《しゃべ》ってくれるはずがない。

「では、最後にお訊きしますが、これでもし、各方面での捜査結果が思わしくないとなると、どうするおつもりですか」

「その場合は、ですね……」

黒田は精一杯、猿臂《えんぴ》を伸ばして、書き込みをしていたらしい刑事日報を把《と》ると、両手を合わせるようにバタンと閉じた。

「……です、よ」

笑っている。近江は暗然とした。管轄外の各警察署へ捜査員を派遣したのは、いわば、幕引き前の揃《そろ》い踏みといったところか。やるべきことはやった、打つべき手はすべて打った、と誇示して捜査の終結宣言を出す——、それが警察の常套《じようとう》手段だ。

「しかし、専従捜査員は残すのでしょう」

「いや、これから先のことはノーコメントということにさせてください」

黒田の顔から笑いが消えた。近江の前には孤独な警部が、いた。

2

鳴子署を出る頃《ころ》にはすでに、街は奥羽山脈の日陰の中にあった。近江は道路に面して佇《たたず》み、さてどうしたものかと思案した。宿の予約はしていない。ロイヤルホテルは高級すぎて、官費旅行でない身の懐《ふところ》にひびく。どこか行きあたりばったりで安宿をとろう、と腹を決め歩きだしかけた時、声がかかった。

「近江さんでねえですか」

「あ、加久本さん」

パトカーの助手席側の窓から加久本部長刑事の鬼瓦《おにがわら》のような顔が覗いていた。

「しばらくでした、ちょっと寄って行かれねえですか」

「いや、いま黒田警部とお会いして、出てきたばかりなのですよ」

「そうでしたか」

加久本は車を降りて、運転席の巡査に先に行くように指示して、歩み寄ってきた。

「いやあ、その節はお世話さまでした」

またあらためて挨拶をした。

「今日はお泊まりですか」

「はあ、その予定です」

「そんでは、まだ宿は決めてねえのですか」

「ええ、安い宿を探すつもりです」

「あ、それなら自分に任しといてください。いい宿をお世話しますよ」

加久本は先に立って歩きだした。警察の近くの旅館を世話するつもりらしい。

「警部と会われたんでは、大体《でえてえ》の様子はお分かりでしょう」

「ええ、だいぶ難航しているそうですね」

「いやあ、大きい声では言えねえですが、そろそろ店仕舞うところですな」

「やはりねえ、すると、秋田県側の捜査も思わしくないのですか」

「だめですなあ、めぼしい情報は全部当たってみたですが、どれも空振りです。あしたも横手まで行くですが、これもおそらく、大《てえ》したことではねえでしょう」

「それは何か、情報があったのですか」

「はあ、横手署からですが、白タクの常習者がひとり、このところ姿をくらましてるつうことでして」

「ほう、面白そうですね」

「いやあ、どうせ食いつめて、東京かどこかさ行ったに違《ちげ》えねえですよ。ああ、そうだ、なんでしたら近江さん、一緒に行かれますか」

「えっ、いいんですか、そうさせてもらえればありがたい」

「構わねえですよ、なんしろ近江さんは捜査協力者ですからな。横手を見物して、奥羽本線で帰られたらいいですよ」

「なるほど、そうですね、横手で一泊して帰りますか」

思いがけぬいい旅になりそうで、近江は心が弾んだ。

加久本は昔風の温泉宿へ案内してくれた。

「建物は古いが、格下つうことでもねえです。サービスが悪かったら一一〇番してください、すぐ逮捕しに来ますから」

お内儀《かみ》の前で言い、加久本は大きな声で笑った。

翌朝十時過ぎに、加久本は迎えにきた。運転役は前回、秋の宮温泉へ行った時と同じ、浅井巡査であった。ズングリして、見るからに鈍重そうな男だが、案外、気持のこまやかなところがあって、近江が宿に頼んで花束を作って貰《もら》うのをちゃんと見ていて、湖の現場にさしかかると、何も言わない内に車を停《と》めた。

「あ、どうもありがとう」

窓から投げるつもりだった花束を持って近江は荒雄湖畔に立った。あの当時より水量が減って水面ははるか下にあった。近江が投げた花束は長い滞空時間の末、水面に波紋を描いた。その中心に向かって近江は合掌した。山脈は錦繍《きんしゅう》に紅葉している。風もなく、静謐《せいひつ》な気配が辺りに立ちこめて、近江の心をつかのまのやすらぎに誘った。

車は鬼首の家並を抜け仙秋サンラインの登りにかかる。十分ほど走ったあたりで、加久本が「石巻のトラックが高村さんを追い越したのは、この付近です」と教えてくれた。左右の樹樹は下葉まですっかり色づいて、地面は新しい落ち葉に覆われていた。季節は確実に時の推移を刻んでいる。

鬼首峠を越え、秋の宮温泉を過ぎる。108号線はまもなく13号線と交差し、車はそこを北へ進路をとった。

奥羽本線横堀駅付近から北へ雄物川流域に広がる横手盆地は、秋田県南の大穀倉地帯である。横手市は盆地のほぼ中央に位置する典型的な地方商業都市である。冬の〝かまくら〟はあまりにも有名だが、それ以外にさしたる観光資源もなく、大企業の進出も、大きな地場産業もない。それだけに古い街の面影が色濃く残っている。

　車は街の中へかなり入りこんで停まった。

「ここがいいでしょう」

　加久本は目の前の〝古坂旅館〟と看板の出ている旅館を指さした。

「われわれは横手署さ行きます。仕事が終わったら、帰《けえ》りに寄らしてもらいますで」

　近江を降ろすと、車はすぐに走り去った。

　古坂旅館はまるで遊郭を連想させるような珍しい造りである。柱や梁《はり》には太い杉材が惜しげもなく使われ、黒光りに磨きこんであった。玄関を入ると三和土《たたき》には打ち水がしてあり、幅広の式台の奥に大型の六曲屛風《びょうぶ》がデンと据えてある。こういう時代がかった仕掛けに出会えるのも旅の楽しみだ。訪えば丁髷《ちょんまげ》姿が出てきそうな気がしたが、実際には頭の禿《は》げた小肥りの番頭が現われた。

　建物は何もかもが大ぶりにできている。天井は高いし廊下も広い。番頭は近江を先導しながら、当旅館の由緒床しき物語をしてくれたが、訛《なま》りがひどく、ほとんど聞きとれなかった。

　上客と見られたのか、それともよほど暇なのか、近江は二階奥の次の間つきの大層な部屋へ案内された。

「こんな立派な部屋でなくていいんだが」というと、しらけた顔で「同《おんな》ずですから」と言われた。料金は同じだから心配するなという意味なのだろう。近江は深くは追及せず、泰然と構えて部屋中を見渡した。番頭は「いまお茶をお持つすますで」と出て行った。

床の間に条幅の書が掛かっている。部屋中どこを見ても古色蒼然《そうぜん》たる中で、それだけがやけに新しい。達筆で墨痕《ぼっこん》あざやかに「積極果敢」とある。楷書《かいしょ》で書かれているから有難味には欠けるが、明快でいい。署名は「牧野宗春」とあった。どこかで聞いたことのあるような名だったから、茶を運んできた女に訊いてみた。

「ああ、それだら、国会議員さんの牧野先生だすべ」と女は答えた。「本名は宗一さんつうだども、雅号は宗春つうのですと」

「ああ、牧野代議士か」

そうか、牧野氏はここが選挙区だったな、と近江は思い出した。

「あんまし、上手だことねえすべ」

「さあねえ、僕には上手《うま》そうに見えるが」

「なんしろ、あんだ、一晩に二十枚《ずうめえ》も書きなさっただもんねえ」

「二十《に》枚？」

「んだすよォ、それを全部掛字《かけじ》さして、あちゃこちゃの部屋さ飾ってあるですだ」

「ずいぶん大安売りをしたもんだな」

「選挙運動だすべ。ウチは宴会のお客さんが多いし、在郷《ぜえご》からも人は来るし、いい宣伝になるんでねえすべか」

「なるほどねえ……」

近江はあらためて掛軸を眺めた。そういえば署名がいささか大きすぎるあたりに、宣伝臭が感じられる。政治家のやることには油断がならないものだと思った。東京で続けられているであろう大東新聞社の議会工作がうまく進捗《しんちょく》しているかどうか、ふと気にかかる。

日暮れ近くになって、加久本はひとりで部屋へやってきた。浅井巡査は表《おもて》の車の中で待機しているという。「調べの方はどうでした」と訊くと、だめだめと手を振った。

「じつはですな、以前、白タクでパクッたことのある男が、高村さんの事件のあった頃から姿を消しているつうことだったのですが、調べてみると、その男は事件の五日前に車を叩《たた》き売って妻子を連れて東京さ行っちまったつうことでした。いまではどこかのお抱え運転手に納まっているそうです」

「そうですか、やはり無駄骨でしたか、ご苦労さまですねえ」

「なあに、これまで調べたのも似たり寄ったりですから、どうつうことはねえです。しかし、これで捜査本部の縮小は決定的になるかもしんねえですな」

さすがに加久本は無念の色を浮かべた。

急ぎ鳴子へ帰投するという加久本を、近江は玄関まで見送った。別れぎわに二人は握手を交わした。

「もうお会いすることはねえかも知んねえですな」

「いや、犯人を挙げたら、僕は飛んで行きますよ」

「それだば、ますます望みが薄いすよ」

はははと、加久本は空虚に笑った。

部屋へ戻ると、近江は耐えがたいほどの寂寥感《せきりょうかん》に襲われた。あの武骨な好漢との出会いも、人生の移ろいのほんの断片にすぎないのだろうか、と、愚にもつかぬ感傷が湧《わ》いた。人恋しさが募り、よっぽど妻に電話をかけようかと思い、かろうじて思いとどまった。しかしそう思ったために、忘れていた小さな記憶が、ふと、浮かんだ。新宮三段の事件が起きた夜、妻のひで子が「新宮さんから電話があったわよ」と言っていた、そのことだ。

新宮はいったい何を言いたかったのだろう。単に弁解がしたかったのか。それとも瀬川の改竄に気付き、ことの真相をつきとめに瀬川宅を訪れる前に、その是非を問いたかったのではあるまいか。なにしろ相手は棋院の常務理事という雲の上のような人物だ。新宮にためらいがあったとしても当然である。

判断を求められたらおそらく自分は「やめとけ」と言っただろう、と近江は思う。それがおとなの良識というやつだ。だからと言って、それで新宮の行動を制止できたかどうかは疑問かもしれない。結局は若者のやむにやまれぬ気持を抑えることはできなかったに違いない。しかし、死を思いつめるようなことだけは回避させる智恵《ちえ》を与えるチャンスはあっただろう。

「何か相談しようとすると、あなたは決まって逃げ出すか、酔っているか、どっちかね」

とは、妻の愚痴である。

（まったく、おれというやつは頼まれ甲斐《がい》のない男だ――）

その連想が、もうひとつの〝相談〟を思い起こさせた。

（そういえば、あの時、本因坊は何を言いたかったのだろう――）

あれは鳴子対局の第一日目、昼食休憩のあとだ。ふたりきりで対局室にいた時、高村が「近江さん、天棋戦のことだけれど……」とだけ言って、それきりになった。

（本因坊はおれに何かを伝えようとした。それも他人が居ては具合のわるいような〝何か〟をだ――）

しかし結局は、高村は近江にも何も言わぬまま死んだ。その気があれば機会はいくらでもあったはずだ。それほどまで逡巡《しゅんじゅん》しなければならないような〝何か〟だったということなのか――。その〝何か〟と高村の死とのあいだには何らかの因果関係があるのだろうか――。

急に、近江の疑念はふくらみはじめた。

いまにして思えば、あの日、午前と午後とでは高村の様子にあきらかな相違がある。無意味な大長考と、それ以後、第二日目にかけての不可解な考慮時間の使い方にも、だ。

（考慮時間、か――）

瞬間、近江は緊張した。棋譜の改竄はまさに考慮時間に対して為《な》されている。もしかすると、その二つの事柄には関連する意味があるのかもしれない。

近江はいそいで内ポケットに携行している棋譜のコピーを取り出し、展げた。紙一面、数字の氾濫《はんらん》だ。疲れた頭で眺めたのではただウットウしいだけで、その数字の中から〝何か〟を発見することなど所詮《しょせん》、無理な話のように思える。そう思いながら、近江はじっと数字の配列を眺めつづけた。その内に、ふと妙なことに気付いた。

近江は手帳の一ページを切り取り、考慮時間を示す数字の内、白番・高村の分だけを抽出して、書き写した。

15
6
7
3
1
11
4
17
10
1
7
91

《91》は、昼食休憩後の大長考である。

12	6	2	12
14	13	12	1
	2	⑪	0
	12	7	⑪
	7	12	7
	11	1	⑫
	2	11	12
	12	6	1
	2	2	13
	6	11	2
	13	12	6
	1	11	12
	12	2	1
	2	6	13
	1	⑫	2
	6	11	7
	13	2	⑪
	2	⑫	12

黒番・浦上の分とゴッチャになっている状態では気付かなかったが、こうして写しかえてみると、あきらかに作意の跡を感じる。〇印で囲った六個所の改竄はともかく、九十一分の大長考を挟《はさ》んで、それ以降の数字は同一のものがいかにも多すぎる。それは午前中の考慮時間と比較してみるとよく分かる。

考慮時間というものは、局面の難易の度合いや、対局者のその時の気分によって、ノータイムから時には二時間を超えるような長考まで、じつにさまざまであるはずだ。ここに書き出されたように行儀のいい、なんとなく類似した数字が並ぶことは、まず、ない。それに、ある局面で、とくに定石として決まっているような形のところでは、いったん方針が定まればその後の数手はバタバタとノータイムで打ち進めるものなのだ。ところがこの数字を見ると、ノータイム（一、二分のものも含めて）の手が連続して打たれたケースがごく稀《まれ》である。

そして使われている数字は、0、1、2、6、7、11、12、13、14――のわずか九種類だけ。
それも異常だ。何らかの意志か意図をもって打たれないかぎり、こんなふうに片寄った考慮
時間の使い方をすることは考えられない。そう思って見ると、数字の塊が不気味な声を発し
そうに思えてきた。
（いったいこれは、なんだ？――）
近江は数字の配列を前に、腕組みをし、動かなくなった。

炎の接点

1

カーテンの隙間《すきま》から射《さ》し込む陽の光が顔にかかったのを汐《しお》に、浦上彰夫はベッドを離れた。昨夜のアルコールがいくぶん残っているのか、頭が少し重い。ひとりで寝酒を、それも時間をかけて飲む習慣が身についてしまっていた。近江のように外へ出掛けて行って飲む気にはなれないが、一日のしめくくりに唇の裏側をアルコールで濯《すす》がないではいられない欲求が、日ごとに定着してゆく。

湯を沸かし、インスタントコーヒーを少し濃いめに淹《い》れて飲んだ。鈍った脳細胞が賦活される感覚は心地よい。

郵便受けから新聞を取ってきて、スコッチのボトルやらアイスペール、グラスなど、前夜の残骸《ざんがい》がそのままになっているテーブルの上に拡げた。

新聞の一面は、十一月なかばにあると見られる衆議院の解散をめぐる政界の動きを報じる記事でほとんどが占められている。社会面トップは佐世保の造船所で起きた爆発事故だ。血なまぐさいが、浦上には縁のない事件ばかりが並んでいた。頁《ページ》を繰ろうとして、浦上はふと手を止めた。頁の左上端のあたりに、男の顔写真が組み込まれてあった。その顔にどことなく見憶《みおぼ》えがある。記事見出しは三段抜きに『被害者の身元分かる――西伊豆の殺人』と書かれていた。

見出しはともかく、男の顔が気になった。スナップ写真か何か、大勢で写っているものから抜き焼きしたのだろうか、鮮明度のあまりよくない写真で、顔も視線も正面を向いていない。しかし、かえってその拗《す》ねたようなポーズが浦上の記憶に触れてくる。どこかで見た顔――なのだが、思い出せない。

浦上はあきらめて記事に目を転じた。

静岡県警察本部と警視庁捜査一課は昨夕、先月二十四日沼津市大瀬の断崖《だんがい》で起きた殺人事件の被害者の身元をつきとめたことを発表した。それによると、被害者は東京都目黒区中目黒二丁目の渡辺克也さん（三九）で、渡辺さんは先月二十三日頃から行方不明になっていた。渡辺さんはマンション内の自宅で私立探偵業を営んでおり、留守がちだったうえ家族もなかったために身元の確認に手間どったものである。同事件は暴力団がらみか、または恨みによる犯行という見方が強いが、身元が判明したことから捜査が大きく進展するものと期待される。

記事の内容そのものには別段の感興も湧かなかったが、〃大瀬〃という地名に、浦上は懐かしい思い出を呼び覚まされた。内弟子時代、瀬川一門が連れ立って、よく大瀬へ遊んだものである。大瀬よりずっと手前の静浦海岸に本応寺という寺があり、師の瀬川はそこの住職の子として生まれたということを聞いた。現在《いま》は代も変わり、建物も戦時中に焼失して昔の面影をとどめていないが、瀬川は静浦から大瀬にかけての穏やかな海が自慢で、夏といわず冬といわず、機会をつくっては弟子たちを連れて行ってくれた。むろん、礼子や美代も一緒で、仄《ほの》かな恋心の芽生えはじめた浦上と礼子にとって、大瀬岬の美しい風景には木木の一本一本にまで甘酸っぱい思い出が染みこんでいると言っていい。

浦上は紙面から目をそむけて、テーブルの上の煙草《たばこ》を取り銀製のライターで火を点《つ》けた。このライターは二十一歳になって、十年間の内弟子生活にピリオドを打ち、瀬川家を去る時、師から貰《もら》った記念の品である。少年期から〃瀬川門の逸材〃と騒がれ、ゆくゆくは令嬢・礼子と結ばれるであろうと誰もが認めた愛弟子の巣立ちを、瀬川がどのような想いで見送ったか——、そのことを思うと浦上はあらためて師の恩を感じないわけにはいかないのだ。師は自分の棋士生命をなげうって弟子たちの養育に努めたと思う。早朝から深更まで、ひとりひとりを自室によび、指導碁を打ち懇切な解説を加えた。自身のための研鑽《けんさん》は当然、ないがしろになる。そのために瀬川はマスコミから「弱い九段」という不名誉なレッテルを貼《は》られ、多くのファンを失い、多くの弟子たちにさえ見捨てられた。浦上はその中で最後まで残った内弟子である。

数多くの弟子を集めながら、瀬川はついに自分が放棄した悲願を託すべき逸材にめぐり合った。浦上の入門以後、瀬川は弟子をとっていない。その一事をもってしても、浦上にかけた瀬川の期待の大きさが理解できる。

独立の朝、瀬川は銀製の喫煙具一式を贈り「本因坊になれよ」と、はなむけの言葉を贈った。それにこめられた師の万斛《ばんこく》の想いを、浦上は肝に銘じたことだった。

掌《てのひら》の中でライターを玩《もてあそ》んでいる内に、浦上の記憶の淵《ふち》から朦朧《もうろう》とした影のようなものが浮かび上がってきた。

チラッと視線を新聞の写真に送る。

（まさか）と打ち消す気持と、（もしや）と疑う気持が交錯する。

写真の男と〝ニューオータニの男〟の、ともに不鮮明な映像が思考のスクリーンの上でダブッた。「渡辺克也——」知らぬ名だ。たとえ、この殺された男が〝ニューオータニの男〟と同一人物だとして、それがどういう意味を持つだろう……。

赤いライター……。高村本因坊……。

めまぐるしく駆けまわる連想の果てに《B.B.B.》の三つのローマ字が残った。いったい、この秘密めいた頭文字は何の略号なのだろう。そしてあの不釣り合いな赤いライターを持っていた本因坊と《B.B.B.》とは、どのような関わりがあるのだろう。過去に幾度となく頭を擡《もた》げた疑問が、俄然《がぜん》、のっぴきならぬ重味をもって浦上の心にのしかかってきた。

立って行って書斎机に座り直し、スケッチブックを開いて記憶の中にある〝赤いライター〟の映像を鉛筆で描き出した。まるで現物を目の前に見ながら描いたように、自分でも満足できる出来栄えだと、浦上は思った。

しかし、こうしてスケッチを描いてはみたものの、《B.B.B.》の何たるかをどうやって探ることができるか、急には思いつかない。とにかくメーカーを当たってみるしかあるまいと考えたが、何というメーカーの製品なのかが分からない。電話帳を調べても、ライターメーカーの数は意外に多く、そこを一軒一軒訪ねるのは気がひける。

思案のあげく、何はともあれデパートの喫煙具売り場を訪ねる決心が固まった。

デパートの開店時間に合わせて、浦上はマンションを出た。よほど心急《せ》いていたのか、十五分も早く着いて、大戸の前でバーゲンセール目当てらしい女たちの仲間入りをする羽目になった。

喫煙具売り場付近には一人の客も見当たらなかった。化粧も新しい店員がいっせいに、にこやかなお辞儀で浦上を迎えた。浦上は多少、気後れしながら例のスケッチを差し出した。

「こういうデザインのライターは、ありませんか」

「あ、これでしたら、いまは品切れになっております」

ベテランらしい女店員は即座に答えた。

「品切れ？」

「はあ、と申しますより、この製品は故障が多うございまして、メーカーさんの方で製造を中止いたしたのです」

「メーカーはどこですか」

「メーカーさんの方にも在庫はないと思いますが、それと同じようなタイプのものではいかがでしょうか」

「いや、この型のことを知りたいのです」

「さようでございますか」

店員は少しそっけない態度になった。

「それでしたらＰ―社の製品でございます」

「どうもありがとう」

浦上は逃げるように売り場を離れた。電話帳で調べると、Ｐ―社は日本橋室町に本社がある。渋谷からは地下鉄銀座線で一直線だ。浦上は躊躇《ちゅうちょ》なく地下鉄駅の階段を上った。

三越前の広告会社の真裏にある、五階建の小さなビルがＰライターの本社だった。一階のとっつきに〝営業部〟の札がかかっている。ドアを入るとスチールデスクが雑然と並び、商品の梱包《こんぽう》や陳列ケースの隙間で数人の男女が忙しげに事務をとっていた。浦上を見て、若い男が「いらっしゃい」と威勢よく応対に出た。

「こういうライターのことで、ちょっとお尋ねしたいことがあるのですが」

「あ、これですかあ」

スケッチを見るなり、若い男はまたかという顔になった。

「二本松課長、ＡＤ・６００のことでお尋ねだそうですよ」と奥へ呼びかけると、書類立ての向こうから、人のよさそうな大柄の男が立ちあがった。

「どのようなご用件でしょうか」

二本松は用心深い微笑を浮かべながら歩み寄った。

「このライターについてお訊《き》きしたいのですが」

「何か、事故でもございましたか」

「事故？」

浦上の怪訝《けげん》そうな顔に出くわして、二本松は急に堵《ほ》っとした態度を見せた。

「あ、いいえ、そうでなければ結構なのです。じつはその機種はちょっと構造上に欠陥がありまして、発売後まもなく製造を中止いたしたものですから」

「すると、事故というのは……」

「ごく一部に点火装置が作動しにくいといった欠陥があったのですが、回収が早かったもので、たいしたことはございませんでした」

「なるほど」

浦上は二本松の口吻《くちぶり》から、かえって〝事故〟がかなりのものであることを察した。

「私のお訊きしたいのは、このライターを記念品か何かの目的で、大量に注文を受けたようなことはなかったかどうか、そのことなのです」

「ああ、それならございますよ。ご承知のとおり、この品は超薄型でして、主に女性のお客さまを対象にデザインしたものですが、発売当時、かなり人気がございまして、いくつかの団体からご注文をいただきました」

「その場合、ライターに名入れをするようなこともあるのですか」

「もちろん、ございます」

「その中に《B.B.B.》という、ローマ字のBを三つ並べたものはありませんでしたか」

「ございました」

「えっ、ありましたか」

「はい、Bが三つというのは、たいへん珍しいものでしたから、よく憶《おぼ》えております」

「それで、その《B.B.B.》とは、何かの略称なのでしょうねえ」

「ええ、あれは確か、美容師さんの協会か何かだったと思いますが、ちょっとお待ちください」

二本松課長はデスクの方へ戻って、伝票を調べていたが、まもなく「ありました」と言って、伝票を手にして出てきた。

「ボストン・ビューティー・ビューローというのですね。三十個、ご注文をいただいております」

「ありがとうございました。お忙しいところお手数かけまして」

「いいえ、そんなことは構いませんが、いったい、どういう目的でお探しなのでしょう」

「いや、私の知人がそういうライターを拾いましてね、落とし主に返したいというものですから、こちらの方へきたついでにお寄りしたというわけです。申し遅れましたが、私は浦上といいまして、決してご迷惑を……」

「いいえ、存じあげておりますよ」

二本松は手で制して、

「浦上彰夫八段でいらっしゃいましょう。私もザル碁を打ちますから、先生のお顔は存じてます。また、そうでもなければ、いろいろお話し申しあげるわけもございませんのでして」

「そうでしたか、いや、それはどうも恐縮です」

「もしなんでしたら、ボストンさんの方へご連絡いたしましょうか、先方さんも囲碁ファンとはかぎりませんから」

「あ、そうしていただければありがたいです」

重ね重ねの好意に、浦上は心底礼を言ってP—社を出た。

ボストン・ビューティー・ビューローは西新宿一丁目にあるサントスという喫茶店の二階に小さな事務所を構えていた。小奇麗《こぎれい》な室内に白い華奢《きゃしゃ》なデスクを向かい合わせに並べ、派手なのと地味なのと、対照的な服装の女性が二人いた。浦上が入ってゆくと、派手な方の少し年長の女性が満面に笑みを湛《たた》え、「いらっしゃいませ、あら、ほんとに素敵な先生だわ」

と言った。

「いえ、先刻《さっき》Pライターの二本松さんから電話で、浦上先生という方が見えるって知らせてきたんですけど、とても好い男だから、ひと目見れば分かるって」

ははは、と男性的な笑い方をした。金縁の眼鏡をかけ、化粧も濃く、原色の花模様をプリントしたワンピースの胸の開き具合が眩《まぶ》しい。

「喜多見澄子です、よろしく」

ぽってりした指で、ごく小ぶりな女物の名刺を出した。B・B・B・理事、とある。

「こんな素敵な先生に拾われるなら、わたくしが落とせばよかった」

「いや、拾ったのは知人でして」

「あら、そうでしたの、でもこうして探していただければ同じことですわよ」

喜多見女史はまた、はははと笑う。

「それで、ライターを失くされた方は分かるのでしょうか」

浦上は訊いた。

「ええ、たぶん分かると思いますわ。あのライターは創立十周年記念に会員に配ったものですけど、三十個作って二十三個配って、わたくしと杉森さんが一個ずつ、残りの五個は蔵《しま》ってありますの」

杉森というのはもうひとりいる、若い方の女性らしい。

「ちょっと面倒ですけど、電話で問い合わせれば、誰《だれ》が失くしたか、直《じき》に調べがつきますわよ。ちょっとそこでお待ちになって」

浦上を応接セットに落ち着かせると、女史は電話を自分のデスクの正面に据え、あざやかな手付きでボタンを押した。

「××先生、事務局の喜多見です、お忙しい？　あーらお盛んで結構ですわ、こないだのコ、須藤さんていったかしら、いかが？　そう、よかった……、ところでね先生、十周年の時のライター、使ってらっしゃる？　いえね、メーカーの方からアフターサービスの問い合わせがございましたの……、あら、そう、そんならよかった、じゃあまた、例会で、ええ、ごめんあそばせ」

そんな調子で、二十三個所、息もつかぬ勢いで電話した。所要時間約三十分、驚くべき手際というべきだろう。感心しながら電話を聴いていて、話の内容から浦上は〝ボストン・ビューティー・ビューロー〟なるものの正体がおぼろげに摑めた。どうやらここは、美容室の共同出資による協会のようなもので、主として美容師の口入れを業務としているらしい。その連絡やら無沙汰《ぶさた》の挨拶《あいさつ》やらを兼ねながら要領よくライターの所在を確かめてゆく様子から、女史の経営手腕のほどが推察できた。

「おかしいわねえ……」

電話を切って、喜多見女史は首を振りながら浦上の前の椅子《いす》に座った。

「ライターを紛失したっていうのは、ひとりもいませんのよ。ただひとり、人にあげてしまったというのがありましたけど、もし落としたとすれば、その贈り先じゃないかしら」

「たぶんそうでしょう、その方のお名前を教えていただけますか」

「ええ、よろしくってよ、この五番目の方」

女史は名簿を開いて、その個所を示した。関谷紀久美、目黒区上目黒二丁目×番地×号、紫水サロン――。

むろん、浦上の知らぬ名だ。あの高村本因坊が関わりを持つような相手とも考えられなかった。

(無駄足になりそうだな――)

そう思いながら、浦上は丁重に礼を述べてB・B・B・事務局を後にした。女史は「またお会いしたいものですわ」と言って、豪快に笑っていた。

東横線中目黒駅で降り、山手通りに面した銀行の脇《わき》の路地を少し入ったところに〝紫水サロン〟はあった。白い化粧壁の洒落《しゃれ》た造りの店で、二階部分は住居になっているらしい。切子ガラスの嵌《はま》ったドアを入ると、うす紫を基調にしたインテリアの、思ったより広い店内であった。客は四人いて、三人の従業員がそれぞれに忙しく動いていたが、浦上が入ってゆくと、手前にいた若い娘が奇異なものを見る目付きをして寄ってきた。

「いらっしゃいませ、あの、お客さまでしょうか」

「いえ」

浦上は周章《あわ》てて首を振った。

「関谷紀久美さんに、ちょっとお目にかかりたいのですが」

娘は困ったような顔をして、奥の方へ問いかける視線を送った。それに反応して、「ちょっと失礼いたします」と客に断わりを言って、四十歳ぐらいの小作りな女性が出てきた。

「関谷ですが、何か……」

「はあ、じつは、ライターのことでちょっとお尋ねしたいことがあるのですが」

「ライター……」

少し眉《まゆ》をひそめた。

「あの、先刻、事務局の方から電話のあったアフターサービスのことかしら。それでしたら、わたくしの手許《てもと》にはもうございませんて、そうお返事したはずですけど」

「そのことはうかがいました。たしか、どなたかに差しあげたということでしたが」

「ええ」

「それで、その贈られた先の方は、いまでもライターをお持ちかどうかご存知でしょうか」

「さあ……」

関谷紀久美はなんとも複雑な表情になった。答えに窮したという顔である。それを浦上は、贈り先にライターがあるかないかを知らないためと解釈した。

「もしお差し支えなければ、先方のお名前をお聞かせいただきたいのですが」

美容師はチラッと店の中へ視線を走らせ、

「それでしたら、ちょっとお隣の喫茶店でお待ちになっていただけませんかしら、お急ぎのお客さまもいらっしゃいますから」

「結構です、待たせていただきます。お忙しいところ申し訳ありません」

浦上は店の奥にまで頭を下げて外へ出た。

隣が小さなコーヒー店であった。浦上はなるべくカウンターから遠い壁際の席を選んで座った。コーヒーを注文し、ゆっくり時間をかけて飲んだが、それでも美容師がくるまでは、かなり間があった。

関谷紀久美は入ってくると「お邪魔します」とマスターに挨拶した。それから浦上の前に腰を下ろすなり、顔を突き出すようにして、「あの、警察の方ですか?」と囁《ささや》いた。

「いえ……」

浦上は驚いて答えた。

「あらそうでしたの」

背を反らせ、大仰に安堵《あんど》感《かん》を表現した。

「わたくしはまた、てっきり例の事件のことで見えた刑事さんだと思って」

「例の事件といいますと？」

「あら、ご存知ないんですか、渡辺さんの事件……」

「渡辺さん？……」

「あらいやだ、それじゃ、何もご存知ないんですのね」

美容師は振り返って、「マスター、新聞貸してちょうだい」と言った。ウエイトレスが持ってきた新聞を拡げると、「ほら、ここに出ていますでしょう」と指で示す。

「あっ……」

浦上は思わず声を発するほど、驚いた。新聞の紙名は違うが、記事は今朝がた読んだばかりの西伊豆の事件に関するものだ。殺された渡辺の写真と同じものが、やや大きめに使われており、〝ニューオータニの男〟と同一人物である印象がさらに強まった。

「この事件でしたら、私も新聞で見ました。しかし、それが何か？」

「この人なんですよ、ライターを差しあげた先というのは」

「えっ……」

「いえね、差しあげたって言うと聞こえはいいんですけど、じつはウチの主人がマージャンのカタに巻きあげられたというのが真相ですのよ。それも、ご近所のナニですから、ほんのお付き合いマージャンでしょ、なにもカタまで取らなくてもよさそうなものなのにねえ。そんな風だから、警察も一応、マージャン仲間を調べようってことになったのじゃないかしら、ねえ、マスター……」

美容師はカウンターを振り返った。

「マスターも調べられたのよね」

「ああ、だいぶ搾られましたよ」

マスターは細い顔をしかめて見せた。

「われわれのところへ来るくらいだから、警察もよくよくアテがないんですなあ、たかが五十円の付き合いマージャンに負けたからって、いちいち人殺しなんかしたひにはそこら中、死人だらけですよ、ほんとに、それに渡辺さんはたしかにゴツイこと言う反面、見栄っぱりなところもありましてね、最後の日にもみんなに寿司を振舞ってくれて、そうそう、その時は、近い内に金が入るなんて、ばかに景気のいいこと言ってたなあ」

「だけど、その次の日かなんかに殺されちまったんでしょう。どうせ危険な仕事に手を出したに決まってますよ」

「待ってください」

浦上は慌てて、言った。

「それはいったい、いつのことなのですか」

「いつって、殺された日ですか？　あら、あたしたちだって知りませんでしたよ、でもね、警察の話じゃ、先月の二十四日だって。新聞にもそう書いてましたでしょう」

なるほど、新聞記事にも九月二十四日早朝と書かれてある。

「すると、その前の日にマージャンをされたのですか」

「前の日というより、始めたのは二十二日の夜中からで、翌朝《よくあさ》の四時ぐらいまでやって、それでおひらきだったのでしょう？」

美容師はまたマスターに同意を求めた。

「そう、渡辺さんが珍しくゲームセットを言い出して。あの人、負けてたんだけどねえ、ひと眠りして仕事だとか言って、その割に機嫌よかったなあ」

「それがあの人を見た最後なんですって」

美容師は煙草を銜《くわ》え、「マキちゃん、マッチ」と女の子からマッチをもらって火を点けた。

そのマッチ箱を見て、浦上はあやうく叫び声をあげるところだった。マッチには大きめのデザイン文字で「るぽ」と印刷されている。それはまさしく鳴子署で見た高村の遺品の中にあったのと同一の物だ。

（そうか、この店が〝るぽ〟だったのか——）

浦上はあらためて店内を見回してから、マスターに向けて問いかけた。

「あの、高村という人を知ってますか」

「高村さん、さあ、中村さんならお客さんの中にいますけどね、その人、ウチに見えるお客さんですか？」

「たぶんそうだと思います。少なくとも一回はきているはずです」

「一回や二回じゃ、ちょっと憶えられませんが、お幾つぐらいの方ですか？」

「六十歳ぐらいです。和服を着て……」

「ああ、それだったら、渡辺さんのお客さんじゃないかな、ねえマキちゃん、たしか二回ほどみえたよね、羽織袴でさ、小柄だけど、ちょっと右翼の大物って感じの……」

ああ、そういえば、と〝マキちゃん〟は同調した。

「それはいつ頃のことでした？」

「そうね、一回目は先月の初め頃かな。二回目はそう、渡辺さんがいなくなるちょっと前でしたかね……」

マスターはそこで首を竦《すく》めた。

「するとその人、やっぱり右翼の大物ですか？」

「いや、違いますよ」

浦上は苦笑した。

「私の知己《しりあい》なのですが、その高村さん、渡辺さんとどんな話をしていたか分かりませんか」

「さあ、そこまではちょっとねえ。しかし渡辺さんのお客さんなら、やっぱり調査の依頼じゃないかと思いますよ。そういうお客さんとはウチで会ってるみたいでしたからね」

だとすると、高村はいったい渡辺という私立探偵にどんな調査を依頼していたのだろうか。

そしてそのことと渡辺が殺された事件、ひいては高村の謎《なぞ》の死とは何かつながりがあるのだろうか——。

最後に浦上は関谷紀久美に訊いた。

「あのライターですが、渡辺さんが誰かにライターを譲ったというようなことはお聞きになりませんでしたか」

「いいえ、そんなことはありませんよ。だって、渡辺さんたら、あのライターがひどく気に入ったとかで、ウチの主人がお金渡すからって言っても手放そうとしないんですもの」

「そうですよ」とマスターも同調した。

「しょっちゅう手に持って、子供のおもちゃみたいに玩んでいました」

マスターの言葉が〝ニューオータニの男〟を連想させた。

(あの男が渡辺だったとすれば――)と浦上は考えた。(私立探偵は瀬川先生の身辺を洗っていたのではないか――)

瀬川の背後で、上体をこちら側へかしげるようにしていた男の様子は、たしかに瀬川と浦上の会話を窃《ぬす》み聴きしようとする姿勢と受け取れないことはない。もしその時、男が高村の依頼で動いていたとすれば、高村の調査目的は瀬川にあったと考えることだってできる。渡辺の死も高村の死も、その〝調査活動〟のひとつの結末ではなかったのか。

浦上の思考は、不吉な方へと流れてゆく。

美容師とマスターは、とつぜん黙りこくってしまった客の蒼《あお》ざめた顔を、呆《あき》れたようにみつめていた。

2

マンションへ帰り着くと、電話が鳴っていた。時計は三時を回っている。

「やあ、いたいた。やっと摑《つか》まった」

受話器の向こうから、近江の張りのある声が飛び出した。

「棋院へ電話しても、瀬川先生のところへ電話しても行方知れずでさ、九時過ぎ頃から何回掛けたか分からんぜ」

「よかった、こっちも近江さんに用があるんです」

「そう、それじゃ今から行くから」

三十分ほどして、チャイムが鳴った。「早かったですね」と言いながらドアを開けると、見知らぬ男が立っている。

「浦上彰夫さんですね、こういう者です」

男は微笑を浮かべながら、ポケットから黒い手帳を出して、示した。

「警察の……」

気圧されて、浦上は一歩、退いた。男は玄関の中に入り後ろ手にドアを閉めてから「警視庁捜査一課の脇田です」と名乗った。

「浦上ですが、何か？……」

「いや、今日、あなたが関谷さんのところをお訪ねになったと聞きましてね、その件について二、三、お尋ねしたいのです」

「どういうことでしょう」

「まず、あなたが関谷さんを訪ねられた目的ですね」

浦上は逡巡したが、隠しておく理由もないし、隠しとおせるわけもないので、高村が持っていた赤いライターの出所を求めて、関谷紀久美を探しあてたことを話した。

「なるほど、なるほど」

刑事は頷《うなず》きながら聞いていた。

「すると浦上さんは、渡辺氏とはまったく面識もなく、事件のこと——つまり西伊豆の殺人事件のことも知らなかったというわけですね」

「ええ、今朝の新聞で見るまで知りませんでした」

「当時の新聞にもかなり大きく出ていたのですがねえ。あなた、新聞はご覧になるのでしょう」


刑事は疑わしい目付きをした。

「むろん見ますよ、しかし気がつかなかったものはしょうがないでしょう」

浦上はムッとして強い口調になった。

「あなた、九月二十四日はどちらにおられました？」

「九月二十四日……、それはどういう意味ですか？」

「つまり、事件のあった日です」

「ああ……、それでしたら私は鳴子へ出発した日ですよ、宮城県の鳴子温泉で対局があって、その日から四日間、鳴子にいました。あ、それで分かった、その間ほとんど新聞を見ていませんからね、事件のことを知らなかったわけだ」

「そうでしょう、何かそういう理由《わけ》があると思ってお尋ねしたのです。別に、アリバイを確認したわけではありませんよ」

刑事は皮肉な笑い方をした。

「ところで、高村さんが私立探偵の渡辺氏に何か調査を依頼していたと考えられるのですが、それについて浦上さんには心当たりがありませんか、どんな些細《ささい》なことでもいいのですがね」

「そうですね、別にありません、私は高村先生と個人的にそう深いお付き合いをしていたわけでもありませんし」

それ以上、得るものはないと判断したのだろう。刑事は「では何か気がついたらご連絡ください」と名刺を置いた。ドアを出ようとしたところで、近江と鉢合わせになった。

「こちらは？」と眼を光らせる。

「大東新聞の近江さんです」

新聞社という名に刑事は白けた顔をして、そそくさと帰って行った。

「なんだい、いまのは」

「警視庁の刑事です」

「ふうん、一課の警部補か……」

名刺を見て、近江は浮かぬ顔になった。

「警察が何の用事で来たの」

「じつはそのことを話したかったんです。とにかく上がってください」

浦上は、まだ散らかったままになっているダイニングテーブルの椅子に近江を落ち着かせた。

「しかし、その前に近江さんの用事は何なのですか。鳴子へ行くという話を聞いたきり、音沙汰なしなんで、気にしていたんです」

「ああ、鳴子からは三日前に帰ったんだが、天棋戦の移行問題が本決まりになったりしてゴタゴタと忙しくてね。しかし、そんなことはどうでもいいんだ。主催紙がどこへ変わろうと、浦さんの天棋位に揺るぎはないのだからね。そんなことよりなにより、浦さん、これを見てくれよ」

近江は四枚の紙片を出し、その中から一枚を選んでテーブルの上に拡げた。

「三日前からこれに取り組んでいたんだ」

「なんですか、この数字は？」

「分かんねえかなあ、鳴子対局での高村先生の考慮時間だよ」

「ああ、そう言われてみれば……、しかし、これ、妙な数字ですねえ」

「だろう？　僕もそう思ってさ、念のために白番の分だけ抜き出してみたら、なんとも不自然なんだなあ。どう見たって、何か意図的なものが隠されているよ」

「意図的？……」

「つまりさ、これは何かの暗号じゃないかと思ったんだ」

「暗号……」

「じつはね、鳴子対局の初日、昼食休憩の時に、高村先生が僕に何か話しかけて途中で止《や》めたんだ。この奇妙な考慮時間はその後の大長考から始まっている。しかもね、それを打つ寸前、本因坊はじつに意味ありげな目で僕に笑いかけたんだな。だから、いまにして思うと、この暗号は僕に向けて送られたのではないかという気がする」

「すると、やはり暗号だったのですか」

「うん、まあね」

「しかし、この数字の羅列からどうやって意味を解読したのです？」

「そりゃまあ、僕だって見当もつかなかったさ。いろんな暗号の本を参考にしたけどね、こんなのはどこにもなかった。ところが、昨日《きのう》になって有力なヒントに偶然ぶつかったんだ。

大東新聞社では、天棋戦の生みの親ともいえる高村先生の打ち碁集を編纂《へんさん》することになってね、先生の年譜を調べていたら、なんと、高村先生は戦時中、通信兵として応召しているんだよ」

「ああ、そのことなら聞いたことがありますよ」

浦上ははじかれたように言った。

「瀬川先生から聞いた話だけど、南方戦線でジャングルの中へ逃げ込む時、別の隊と無線で連絡をとりながら無事撤退を完了して、相手の隊の通信兵と顔を合わせたら、それが高村先生だったというんです」

「ふうん、そんなエピソードがあったの。初耳だなあ」

「僕も一度聞いたきりです。瀬川先生は戦争の話をするのはあまり好きじゃないみたいでしたから」

「そう……」

近江は少しの間、考えこんだ。

「まあ、いいや。それでね、この暗号はモールス符号じゃないか、と僕は考えた。つまり考慮時間の長短を、そのまま長符号と短符号にあてはめようってわけだ。そこで、0、1、2は短符号、それ以外は長符号というふうに書き換えてみたのがこれなんだよ」

近江は二番目の紙を最初の紙の隣に並べた。

|12	|11	|12
ı1	|7	|7
ı0	|12	|11
|11	ı1	ı2
|7	|11	|12
|12	|6	ı2
|12	ı2	|6
ı1	|11	|13
|13	|12	ı1
ı2	|11	|12
|6	ı2	ı2
|12	|6	ı1
ı1	|12	|6
|13	|11	|13
ı2	ı2	ı2
|7	|12	|12
|11	|6	|14
|12	|13	
ı2	ı2	
|12		

「ふーん、すごいですねえ」

浦上は感嘆の声をあげた。

「冗談じゃないよ、これで感心するようじゃ、浦さんもモールス符号の知識は0《ゼロ》だね」

「もちろんですよ。ということは、近江さんも知らなかったのですか」

「そういうこと。とにかく百科事典と首っぴきで調べたんだが、こんなにスラスラつながっていては絶対に判読できっこないことが分かった」

「ではモールス符号ではなかったのですか」

「うん、一度はそう思ってサジを投げようとした。しかしね、もしこれが暗号だとすれば、モールス符号以外考えられないと思い直したんだ。だって、あの高村先生が暗号遊びに精通しているなんてこと、聞いたことがないものね。そこで、もう一度、この数字の羅列と睨《にら》めっこをしている内に、この中の6と7の数字が、長短、どっちつかずなのではないかと考えた。つまり、数字群は、0、1、2のブロックと、6、7のブロックと、11より上のブロックの三つに分けられるのではないか、ということだ。そしてあらためて百科事典を詳細に調べると、モールス符号は、ダッシュ、つまり〝線〟と、ドット、つまり〝点〟のほかにスペースと呼ばれる〝間隔〟によって成り立っていると書かれてある。6と7の数字はその〝間隔〟を意味していることに気が付いたのだ。そこで、先刻《さっき》の符号から6と7で示された分の長符号を消去すると、こうなった」

　近江は三番目の紙を出した。

「マ、シ、ニ、ア、ワ、セ、ネ、ワ、ニ、キ、ケ……、何ですか、これ？」

「ははは、ひどいもんだろう。ところがね、まったくうっかりしていたんだが、この元になった数字というのは、例の改竄《かいざん》された棋譜の数字をそのまま使っていたんだよ。つまり、本来は短符号であるべきところが長符号に変わっている。それで、その改竄された六個所を短符号に訂正したものがこれだ」

最後の紙片を出す時、近江の顔からは笑いが消えていた。

「……、まさか……」

浦上は絶句した。

「うん、僕もこれを解読したときは、わが目を疑ったよ。解読のプロセ人に根本的な誤りがあるのではないか、とも考えた。しかし、どんな偶然の所産にしても、こうまではっきりした文章が浮かび上がっては、いちがいに否定し去ることはできない。高村先生は、あきらかに『犯人は瀬川に訊け』と伝えたかったのだと思う」

「では、高村先生を殺したのは瀬川先生だと言うのですか」

「おいおい勘違いしなさんな、文章は『犯人は瀬川』と言っているわけじゃないよ。『瀬川が知っている』というニュアンスだ。それに第一、その時点では本因坊はピンピンしておられたのだしね」

「しかし、死を予感したのかもしれないでしょう。この暗号は遺書だとも考えられます」

「たしかに、結果として遺書のようなことになったのは認めるが、現実に瀬川先生は犯人ではありえないことぐらい、浦さんだって分かってるじゃないか。ただ、あの晩ロビーに現われた瀬川先生の様子からみて、何かを知っているということは言えなくはないがね」

「だから、もしかすると殺されるかもしれない、という予感が高村先生にあって、その場合には瀬川先生に真相を訊け、と言っているとしか考えられませんよ」

「うーん、どうかなあ、浦さんは悲観的な方へ、悲観的な方へと考えているが、これから起こるかどうか分からないようなことに対してより、何か別の事件のことを指しているのかもしれないじゃないの」

浦上は、あっと小さく叫んだ。

「ひょっとすると、あの事件か……」

「なんだい、何か知ってるのかい」

「ええ、じつはそのことを話そうと思っていたんだけど、近江さん、この記事を読みませんでしたか」

浦上は拡げたままになっている新聞の一個所を示した。

「西伊豆の殺人か……、それなら読んだよ」

「この事件が、高村先生や、そしておそらくは瀬川先生にも関係がありそうなんです」

「ほう、どういうこと、それ？」

「高村先生が亡くなられた時、赤いライターを持っておられたこと、憶えてますか」

「うん、憶えてる」

「じつは、あのライターの本当の持ち主が、この西伊豆で殺された渡辺という男だったのですよ」

「なんだって？……」

近江はあっけにとられた。浦上は今朝からの〝調査〟について、かいつまんで話して聞かせた。

「なるほど、すごいよ、すごい、すごいよ浦さん」

近江は目を丸くして浦上をみつめながら、しきりに〝すごい〟を連発した。

「そうか、高村先生はこの事件のことを言われたのか……」

あらためて新聞を手に取り、〝西伊豆殺人〟の記事に目を通した。

「待てよ、浦さん。だけど、この事件の被害者の身元が割れたのは昨日《きのう》のことだぜ。しかも事件があった九月二十四日といえば、われわれが鳴子へ出発した日じゃないか。高村先生が事件のことを知っておられたはずはないと思うけど」

「高村先生はおそらく、口伝えにこの事件のことを知ったのですよ」

浦上は悲しそうな表情を見せた。

「対局第一日の昼食休憩を境に、高村先生の様子に変化が起きた、ということはつまり休憩のあいだに何か特別なことがあったに違いないです。あの日〝特別なこと〟と言えば、ただひとつ、瀬川先生が現われたということだけです」

「じゃあ、瀬川先生の口から……」

「高村先生は私立探偵の渡辺氏に瀬川先生の身辺を調べさせていた。その渡辺氏が殺されたというところまでは動かしがたい事実です。そして、警察でさえ身元の確認ができなかったにもかかわらず、渡辺氏が殺された事実を知っていたとすれば、瀬川先生が事件に関わっていたと考えないわけにはいきません」

「うーん……」

近江は肯定とも否定ともつかず、ただ、唸《うな》り声を発した。恩師である瀬川を弾劾《だんがい》するような口ぶりの裏にある、浦上の苦衷が、近江には痛いほどよく分かる。

「しかしね浦さん、これだけははっきりさせておかなきゃならんのは、瀬川先生は事件のことを知っていたとしても、殺人の実行者ではないということだ」

「分かってます。先生はそんなことのできる人じゃないし、第一、車の運転ができない。それが唯一の救いですよ」

「それにしても、いぜん謎の多い事件だね。いや、ますます謎が深まったとも思える。この暗号文にしたって、これを遺書だとするなら、なぜこんな形で遺書を残そうとしたのだろう。いや、遺書というのはあくまで結果であって、単に伝言の目的であったにもせよ、あの重要な対局の舞台で、しかもぼう大なエネルギーをその作業に費やしているのだから、よほど考えた上でのことに違いないよね。ふつうの方法でメッセージを残せなかった理由というのは、いったい何だったのだろう」

「たぶん、高村先生としてはそれほど切実に身の危険を感じてはいなかったのではありませんか。まさか殺されはしないだろう、と。それに、遺書なんか書いて、もし誰かの目に留まるようなことにでもなれば、問題ですし、かりに遺書を残しても、〝敵〟側の手によって処分されてしまう可能性が強いと考えたのではないでしょうか」

「なるほど、そうかもしれない。そう言えば事件のあった朝、本因坊がなかなか出てこないからと言って、瀬川先生が高村先生の様子を見に行ったからね、あの時、部屋の中へ入って家捜しをしたことだって考えられる。しかし、それにしても、西伊豆で殺された男が渡辺氏だということを、どうして瀬川先生が知っていたかというのは謎だね」

「その前に、あの私立探偵が瀬川先生について何を調べていたのかも謎です。それが分かれば〝遺書〟の謎も、ひいては高村先生の事件そのものの謎も解けるのかもしれない」

「高村先生が私立探偵まで雇って調べようとした目的か……」

「もしかするとそれ、天棋戦の移行問題に関係しているのじゃないでしょうか。高村先生は天棋戦のいわば生みの親なのだし、一方の瀬川先生は移行問題の推進者ということが言えるのでしょう。対立的な立場にあったと考えられます」

「なるほど、それはたしかにありうるかもしれないが、しかし、それが殺人に結びつくというのは容易ならぬことだぜ」

ふたりは同時に沈黙した。それぞれに思考の深淵《しんえん》に沈んだまま時が流れた。

「近江さん、いまふと思いついたのですが」

浦上が言った。

「あの赤いライターですけどね、どうして高村先生が持っていたのでしょう」

「ん？……」

意表を衝《つ》かれて、近江は目をぱちくりさせた。

「そりゃ、仕事を依頼した際に、渡辺氏から貰《もら》うか買うかしたんじゃないの」

「しかし、高村先生があんな物を欲しがるでしょうか。それに、美容室のママの話だと、渡辺氏はあのライターが気に入って手放そうとしなかったそうです」

「それじゃ、忘れて行ったのを預かっていたのかもしれない。どっちにしても大した問題じゃないと思うが」

「そうかなあ、僕には何かひっかかるんですけどねえ……」

また浦上の拘泥癖が出た、と、近江は胸の裡で苦笑した。

「ところで話を元に戻すが、渡辺氏が殺されたのも高村先生の事件も、その背景に天棋戦移行問題が絡んでいるとすれば、瀬川先生以外の第三者が動いていたわけだが、いったい何者だと思う？　時と場合によっては殺人も辞さない鞏固《きょうこ》な意志の持ち主らしいのだが」

「暴力団でしょうか」

「直接、手を下したのはそうかもしれない。しかし後ろで糸を引いたのは別人だろう」

「ひょっとして、J―新聞社……」

「あるいはね、いずれにしても滅多なことは言うべきではないけれど」

「しかし、そういう連中が相手だったとすると、実際には、瀬川先生が思われた以上に危険は身に迫っていたのかもしれませんね。そうだ、そういう状況があったからこそ、あの日、昼食休憩の時に、瀬川先生は私立探偵の死を告げることによって、高村先生に警告を発したのではないでしょうか」

「警告?」

「要するに〝敵〟は目的のためには手段を選ばない連中だから、天棋戦移行に反対するのはやめなさい、といったようなことです。ということは、ことによると、瀬川先生もまた、その連中に脅されていたのかもしれない」

「なるほど、それはいいセン行ってるが、それならなぜ、高村先生は警察に届け出なかったのかな」

「さあ、それは高村先生に訊いてみなければ真意は分からないけれど、僕がその立場にあったとしても、やはり警察には知らせなかったでしょうね」

「それは、なぜ?」

「第一の理由は、たったひとりの兄弟子を罪に落としたくなかったこと。もうひとつの理由は、こんなに愛している棋界に汚点をつけたくないからです。だからこそ警察へ届ける代わりにあの暗号文を発信した。あれはたしかに万一の場合のための遺書であったかもしれないし、そのことを近江さんに気付かせようとしたのだったかもしれないけど、もうひとつの、あるいは真の目的は、それ以後の犯罪や天棋戦移行工作に歯止めをかけるための、瀬川先生に宛てたメッセージだったと、僕は思えてきました」

「うん、そのことは先刻《さっき》、通信兵のエピソードを聞いた時、僕も考えついたことなんだ。だけどね、現実には高村さんは殺される羽目になったんだからなあ」

「それはもう、高村先生の〝ヨミ〟の及ばなかったことだと思いますよ。そもそも、あの殺人は計画的なものでなく、一種のアクシデントみたいなもののような気がするんです。とにかくあんな手際の悪い殺人は、プロの仕事じゃありませんよ。ところで、その事件について現地の捜査の方はどうなっているんですか」

「さっぱりお手上げ、といった感じだったよ。なにしろ警察はわれわれが知っているようなデータは何ひとつ持ち合わせていないのだから無理もない。しかし、それなりによくやっていると言えなくもないんだ。たとえば、本因坊を鬼首まで運んだ車についてだが、捜査主任の黒田氏から聴いた話によると、かなり面白い推理をしている」

近江は高村を運んだのは白タクではないかという捜査本部の推論と、その捜査に同行して秋田県の横手市まで行った経緯を語った。

「つまり、本因坊は白タクを迎えにきたハイヤーと勘違いして乗り込んでしまったというわけだ。それと、犯人の行動半径の推定なんかは天晴《あっぱ》れと言うべきだろうね」

そのとたん、浦上は急に黙りこくってしまった。その様子にどこか囲碁の対局の際に見せる真剣さがあった。

「近江さん、いまの話ですけどね、高村先生がハイヤーと間違えたっていう――、それ、逆の見方もできるんじゃありませんか？」

「逆、というと？」

「つまり、車の運転手の方も、高村先生を誰かと勘違いした、ということです」

「あっ……」

近江は愕然《がくぜん》とした。

「そうか、それはありうるね。すると、間違えた相手は……」

「瀬川先生……」

またしても、という感じで浦上は言った。

「おそらくその車の運転手は、羽織袴《はかま》姿を目印に迎えにきたのでしょう。そこへまさにそのとおりの姿の人物が現われ、車に近寄ってきた。なんの不信も抱かなかったとしても当然かもしれません」

「そうすると、その車は白タクとはかぎらないわけだ」

「その公算、大です」

「だとすれば、瀬川先生はいったいどこへ行くつもりだったのだろう。いずれにしろ鬼首峠の方向へ向かったのだから、秋田県側ということだけはたしかだが」

「牧野代議士に会う予定だったということはないでしょうか」

「牧野代議士？……」

近江は思わず、浦上を睨んだ。

「二十四日の朝、羽田空港で牧野さんと出会ったんです。その時、秋田の選挙区へ帰るって言ってましたから」

「選挙区……、じゃあ、横手だよ、そうか、牧野氏が横手にいたのか……。浦さん、時刻表を貸してくれ」

近江は浦上の差し出す時刻表をひったくると、巻末に掲載されている旅館案内のページを、もどかしげな手付きで繰った。それから電話の前に座って、数字の多い番号を回した。

「もしもし、古坂旅館さん？　こちら東京からかけているのだがね、先月の末におタクに泊まった者だけど、会社に出張伝票出すのに日日《ひにち》がはっきりしなくてさ、たしか牧野代議士が泊まった日なんだけどな、そう、え？　九月二十四日から二十六日まで、間違いない？　どうもありがとう」

受話器を置いて、近江は昂奮《こうふん》した顔を浦上に振り向けた。

「浦さん、やっぱりそうだ、本因坊を乗せた車が牧野氏のものだとすると、殺害の犯人は牧野氏の運転手か秘書ということになる」

気負い込む近江の前で、浦上は困惑したような顔になった。

「近江さん、それはちょっとおかしいですよ。牧野先生のところの秘書や運転手だったとしたら瀬川先生の顔を見間違えるはずはないんです」

「あ、そうか……」

「それに、牧野さんは飛行機で行きましたからね、車は東京にあったはずです」

「それじゃ、ハイヤーを頼んで迎えに行かせたというのはどうだろう」

「わざわざ横手から、ですか？　ハイヤーなら鳴子にだってあるのだし、第一、身内でもない人間を殺人に関係させるとは考えられませんよ」

「じゃあ、親類に頼んで迎えに行かせたとかさ、何か方法があるんじゃないの」

近江は苛立《いらだ》って、怒鳴《どな》るように言った。

「それは、ないこともないでしょうが、かりにそうだとして、高村先生がとつぜん山の中で車を降りた理由はどう説明したらいいのでしょう。白タクのように、料金をめぐるトラブルなんかあるわけないし。もし乗り間違いに気付いたのだったら、理由《わけ》を話してホテルへ引き返させたでしょうに」

「それはたぶん、自分の素性を明かすことが危険だと判断したためじゃないかな。つまり、運転手との会話を通じて、車の行先が牧野氏のところだと知って、これは危ないと……」

「しかし、かりに牧野さんが犯人だとしても高村先生はそのことを知らなかったのじゃありませんか。もし知っていれば、例の暗号は、ハンニンワマキノとしたはずです」

「その時の運転手の話で知ったのかもしれない」

「まさか、親類か何か分かりませんが、運転手がそんな話、するわけがないです。第一、そうだとしたって、何か忘れ物を取りに戻るとかなんとかごまかして、ホテルまでUターンさせたでしょう。山の中で車を降りたというのは、そんなことを考える余裕もないほどの強烈な恐怖を感じて、周章《あわ》てふためいて遁《に》げ出したという印象ですよ」

「あははは……」

近江はとうとう、笑い出した。

「浦さん、あんた、よくそう次から次へと人の発想を踏みつぶせるもんだねえ」

「すみません」

「しょうがねえなあ、もう打つ手がないよ。投了だ」

近江はがっくりと肩を落とし、懶《ものう》い手付きで煙草を銜《くわ》え、ライターで火を点《つ》けた。

「ライターか……」

浦上はポツンと呟《つぶや》いた。

「どうも、あの赤いライターがひっかかるんですがねえ……」

対決

1

十一月八日、大手町にあるJ—新聞社本社六階の役員会議室に、東京棋院理事長大元秀一郎と、常務理事瀬川謙一九段、それに天棋位保持者浦上彰夫八段の三人が事務局職員を従えて訪れている。J—新聞社側からは、社主をはじめ役員、幹部が顔を見せ、最大級の応対をした。

この日付けで天棋戦に関する契約が調印され、棋譜の掲載権が発効することになる。ただし大東新聞紙上の掲載スケジュールが継続中なので、実際に掲載が開始されるのは十一月十五日と定められた。

浦上を除けば、どの顔にも難事業が思いどおり進捗《しんちょく》したことに対する安堵《あんど》感《かん》が浮かんでいた。調印のセレモニーが終わり、首脳同士の握手がカメラに収まると、ごく自然発生的に盛大な拍手が湧《わ》いた。

「どうもこの度《たび》は、破格のご契約をいただきまして、ありがとうございました」

大元理事長は珍しくへりくだって、まるで商売人のような挨拶《あいさつ》をした。

「いえいえ、こちらこそご無理なお願いを申しあげて、ことに瀬川先生にはお骨折りをいただきました」

長身に上品な白髪を頂いた老社主は、にこやかな笑みを浮かべて如才なく瀬川の存在を立てた。

「それにしても、瀬川先生のお弟子さんが当社における初代天棋になられたというのは、じつに結構なご縁ですな」

「まったく」と理事長は頷いた。

「これで瀬川君も尽力のし甲斐《がい》があったというものでしょう」

「それにいいなんだそうじゃありませんか、本因坊戦の予選決勝で、師弟対局が実現したとうかがいましたが」

ほう——、と、いくぶん追従《ついしょう》の意味の籠《こも》った嘆声が、社主の背後にいる役員たちのあいだから起こった。

瀬川は相好をくずして浦上を見返りながら、「はい、じつは十日後にその対局が予定されておりまして、老骨としてはまことに荷の重いかぎりです」と言った。浦上の方は微笑こそ絶やさないが、緊張した姿勢を崩さない。その態度が老人たちにはむしろういういしく映り、好感を与えた。

「いかがですかな、浦上先生、お師匠さんにご恩返しができそうですかな」

「いえ、おそらく勝てません」

浦上は言下に言った。社主は驚いた顔になった。

「ほう、それはまた、なぜですか」

「その対局で、私はある実験を試みたいと考えておりますから」

今度は社主ばかりでなく、全員が驚いた目を浦上に向けた。

「大切な一戦に実験を試みるとは、若者らしくていいですなあ」

「いえ、姑息《こそく》な手段なのです」

「ははは……」と社主は笑いだした。浦上の意図するところは知れぬが、この青年の微妙に不穏な気配を、老人は敏感に察知している。

「どんな鬼手が飛び出すか、ザル碁党の一員として、楽しみにしていますよ」

やんわりと言い、さりげなく話題を転じた。

「実験とは何かね、新手でも編み出したのかい」

帰路、ハイヤーで師弟だけになると、瀬川は言った。先刻来の不快感がいくぶん尾を引いていて、声の調子に隠しようのないつめたさがあった。

「いまは言えません」

浦上はニベもなく、答えた。

「そうか……、ならばいい」

瀬川もそれきり、黙った。この気まずさが何に起因するのか、瀬川には理解できない。浦上の五体から発散してくるものは、単なる〝闘志〟というにはあまりにも陰湿なように思えた。それは、まったく信じがたいことだが、あるいは〝嫌悪〟というべきものかもしれないとさえ、瀬川には感じられた。

浦上と公式戦を戦うのはこれがはじめてである。過去、愛弟子の戦いぶりを師匠という立場で客観的に見てきたにすぎない。そのかぎりにおいてはいかにも好もしく思える。八段・浦上彰夫の戦意は、じつはこういう一種異様なはげしさで相手にぶつけられていたのか——と、瀬川はおぞましい気がした。

瀬川はふと、浦上が入門した遠い日のことを懐った。名古屋から父親に連れられてやってきた十一歳の少年は、瀬川と井目《せいもく》（黒石をあらかじめ盤上に九子《し》置いて打つこと）の碁を打って負け、ぽろぽろと泪《なみだ》を澪《こぼ》した。「どうだ、あきらめて帰るかね」と揶揄《やゆ》すると、「いえ、いまの碁はここをこう打てば勝っていました」と、何個所も石を崩しては並べ直した。それがいずれも当を得たものであったから、瀬川は即座に入門を許した。あの時のイガグリ頭がまだ眼の底にある。よく泣く子であった。井目から六子、六子から四子へと、泣きながら泣きながら、見るまに棋力は上がった。十五歳で入段、二十歳で五段に上がり、翌年新人王戦で準優勝を遂げたのを機会に独立した。

二歳下の礼子とも仲がよく、将来は結婚して瀬川門を継ぐことになるだろうと、周囲の誰《だれ》しもが認め、瀬川も早くからその想いを固めていた。礼子のことも含め、自分の築きあげてきたものすべてを浦上に託すつもりだ。そうすることに対して、何の疑問も抱いたことはなかった。

その、愛し信じきっていた浦上がはじめて見せた得体の知れぬ気配に、瀬川はとまどい、それが単に、師弟対局を前にした緊張がもたらした一過性の変調であることを、心底、希《ねが》わずにはいられなかった。

「議員会館へ寄ってくれ」と運転手に告げてから、瀬川は浦上に「牧野さんのところへ寄るから、きみはこのまま帰りなさい」と言った。「牧野」と聞いて浦上の顔がわずかに歪《ゆが》んだのには、しかし瀬川は気が付かない。

「こんどの天棋戦移行の問題では、牧野代議士の力があったのでしょうね」

何気ない口調で、浦上は訊《き》いた。

「ん？……」と、瀬川は複雑な想いのこもる目を浦上に向けた。

「まあ、多少はね……」

明言を避けたい気持が表われていた。

〝先生はいったい、牧野代議士と組んで何をやったのですか！〟と詰問したい衝動が、浦上を襲った。だがその時、車は議員会館の車寄せの前に停《と》まった。

瀬川を降ろしてふたたび走りだすと、浦上は行先を広尾から〝西原〟に変更した。

瀬川家の門の内側では、礼子が愛車にワックスがけをしているところだった。ジーパンにセーターの袖《そで》を精一杯にたくしあげた格好には、ハッとするような色気があった。

「あら、彰夫さん、どうなさったの？」

礼子は目を丸くして浦上を迎えた。額のあたりに汚れを洗った時の飛沫《しぶき》のあとが付いているのがあどけない。

「J―新聞社の帰りなんです。先生を議員会館で降ろしてから、こっちへ来ました。急に体が空《あ》いたものので」

「でしたら、途中から電話してくだされぱいいのに、やだあ、こんなひどい格好見られちゃって」

「そうでもない、似合いますよ」

「あら、それ、賞めたつもり？」

礼子は嬉《うれ》しそうに笑い声を立てた。

「すぐ済みますから、中に入ってらして」

「いや、ここに居ますよ」

浦上は車を離れ、隣の駐車スペースの中央に立った。

「礼子さん、新宮三段が来た晩だけど、牧野代議士も見えておられたって言いましたね」

「ええ」

礼子は首だけを上げて、何事かというような眸を向けた。

「牧野さんの他には誰が一緒でした？」

「ええと、秘書の秋草さんと運転手さんの二人。でも家の中へ入られたのは代議士おひとりよ。すぐ帰るからっておっしゃって」

「しかし、泊まられたのでしょう」

「そうなの、急に予定が変わったのじゃないかしら」

「すると、秋草さんたちも泊まられたのですか？」

「まさか、じきに帰られたわ」

「それは、いつです」

「いつって……、どうするの、そんなこと訊いて」

「いや、べつにどうってことないけど、新宮君の様子を、その人たちが見ていたのではないかと思って。どうです、二人が帰ったのは新宮君より後ではなかったのですか」

「後って言えば後だったけど、でもほとんど同じくらいかしら」

「やっぱり……」

「ええ、私が新宮さんをお送りして玄関へ出る時、居間から牧野さんが顔を出して、『ウチの連中にも先に帰るように言ってくれ』っておっしゃったから、そのまま秋草さんにお伝えしたの」

「えっ、代議士が自分で命じたのではなかったのですか」

「ええ、牧野さんはどこかと電話でお話し中でしたもの、私が門の外まで行ってお伝えしたのよ」

「その時、先生はどこに居られました？」

「パパは客間にいたわ」

浦上の表情には隠しようもない、落胆の色が浮かんだ。

「彰夫さん、この頃《ごろ》少し、変よ」

礼子の愁いを含んだ眸《ひとみ》が浦上を直視していた。

「なんだか顔付きまで変わっちゃったみたいね」

「まさか、変わるわけないでしょう」

浦上は無理に作り笑いを浮かべて、頬《ほお》のあたりを撫《な》でた。

「ううん、私には分かるの。まるで幽霊にでも取り憑《つ》かれたみたいに、とても陰惨な顔をする時があるわ。新宮さんの話をする時なんか、本当に新宮さんの霊魂が乗り移ったんじゃないかしらって思うくらい、とっても怕《こわ》いのよ」

浦上は胸を衝かれたような気がした。礼子の言うように、自分には高村本因坊や新宮三段の怨念《おんねん》が乗り移っているのではないか。そうでなければ、こんな風に恩師・瀬川を追い詰めようとしていることの説明がつかない。いったい自分は真相を究明することによって何を得ようとしているのだろう――、瀬川を追い詰め、贖罪《しょくざい》させることが目的なのだろうか――、礼子や自分自身の平穏まで犠牲にして……。

（いや、それは本意ではない、しかし――）

浦上は挫《くじ》けそうになる己れの弱気を叱咤《しった》した。瀬川の背後に隠れている〝悪の元凶〟を見究めるためには、瀬川という壁を乗り越えるしか途《みち》はないのだ。それを成し遂げなければ、自分は自らの中にある本因坊たちの怨念から永久に解放されることはないだろう。

「心配しなくても大丈夫ですよ……」

浦上は持てる優しさをすべて籠めて、言った。

「どんなことがあろうと、僕はきみを愛している」

礼子の双眸《そうぼう》から、疑惑の影が氷解して、泪になった。

2

「俊さん、ちょっと」

宮本文芸部長が近江の肩を叩《たた》いた。近江が立ち上がると、黙って先に立って歩き、会議室へ入って行った。だだっ広い会議室には壁に染みついた煙草《たばこ》のヤニの臭いが、いつも漂っている。

「先刻《さっき》、棋院の瀬川九段が見えてね……」

宮本は隅の方の椅子《いす》に座りながら言った。

「天棋戦の代わりに、新しい棋戦をやらないかって言うんだ」

「ほう、そんなこと言ってきましたか」

　近江は意外な気がした。

「で、どんな構想ですか、どうせ一流どころの棋士の参加は無理なんでしょう？」

「うん、きみの言うとおりだ。あの先生の提案は『全日本囲碁オープン選手権戦』つまり、アマの強豪とプロの六段以下による合同トーナメントというやつだ」

「ふうん、面白そうじゃありませんか」

「そう思うかね」

「ええ、プロと同一条件で戦えるのはアマチュア碁客の願望ですからね。そりゃあ、人気が出ますよ。しかし、その反面プロの連中は辛《つら》いんじゃないですかねえ、棋院はよく踏み切りましたね」

「一応、天棋戦の不義理の埋め合わせというニュアンスがあるらしいが、しかし、それでもなお僕に言わせればシコリは残るんだ」

　宮本はいかにも不愉快そうな顔で、煙草を銜えた。

「先頃、J—新聞社で天棋戦の調印があったことは知ってるだろう？　ところがね、その後ある筋から入ってきた話によると、契約金はたった二千万円増額されたきりだそうだ」

「何ですって？」

近江は呆《あき》れた。

「それっぽっちなら、ウチの社にだって財源はあったでしょうに」

「そうなんだ、それで詳しく訊いてみると、ひでえカラクリなんだな。当初、J―新聞から棋院に対して申し入れのあった増額は六千万だったそうだ。棋院としてはそのつもりで話を進め、ウチと切れたわけだが、J―新聞社との契約直前になって通産省から〝指導〟が入って、契約料の大幅上乗せは望ましくないので善処するように、と言ってきた。むろん強制はしていないのだが、不当競争防止法なんかをチラつかせたりしたらしい。じつはこれには伏線があってね、ほら、いつか言ったように、ウチとしても巻き返しを図るために、通産委員長の牧野氏に働きかけていたのだよ。その成果があって、一応、保守党から議案が上程されることはされたのだが、しかしそれがまるで迫力のない問題提起でね、棋戦の契約料を大幅に上乗せするのは不当競争防止法に触れるのではないかという一般論を委員のひとりが述べ、それに対して通産省の部長だか課長だかが、『お説のとおり望ましいことではないので、もしそういう事例があれば改善の方向で指導します』なんてことを答えただけで、チョン。他の委員連中は半分眠っていたそうだよ。

　ところが、その時の工作が妙な時期にものを言ったってわけだ。おかげでJ―新聞は四千万円がとこ、節約できた」

「驚いたなあ、それじゃ、馬鹿《ばか》を見たのはウチと、東京棋院じゃありませんか」

「いや、それがかならずしもそうではない。例の新会館建設用地の国有地払い下げ問題がスムーズにいったのは、牧野氏の口ききのお蔭《かげ》だそうだ」

「また牧野ですか、こりゃあ、仕組まれたんですよ。そうか、仕掛人は牧野代議士か」

「まず、間違いないな。そういえば思い当たることがないでもないんだ。牧野氏とは反目していたはずのJ―紙が、解散風が吹き出すにつれ、牧野氏の派閥の提灯《ちょうちん》持ちみたいな記事を書きはじめて、しまらない話だと思っていたのだが、おそらく相当額の政治資金が流れたと思っていいね」

「なにしろ、四千万円節約できたのだから、J―新聞も楽なものでしょう。そうすると、ワリを食ったのはウチだけってことですか」

「それでだね、先刻のオープン戦を実施するかどうか、素直に受けられない気がしてさ。どう思う、俊さん」

「そりゃあ、やるべきですよ。多少、業腹でも、悪い話ではないのですから、それに何かやらないと、おマンマ食い上げです」

あははは、と近江は笑ったが、まんざら本音でないこともなかった。

デスクへ戻ると電話のメモが置いてあった。浦上からのもので、七時に〝おけい〟で待っているという。渋谷東急裏のおけいは近江の〝巣〟である。愛敬がいいだけが取り柄のママと、〝男たらし〟を自称する太目の女のコがひとりいて、土佐の家庭料理という芋の煮ころがしのようなものを食わせる。近江との付き合いでもなければ、とてものこと浦上のフィーリングには合いそうもない店だ。そこを指定してくるのだから、よほど急ぎのネタがあるな、と近江は読んだ。

時間どおりに行ったのに、浦上はすでに水割を二杯目にかかっていた。

「開店前から待っとられたんよ」

〝男たらし〟は、迷惑顔の浦上の脇《わき》に腰を据えて、嬉しそうに言った。

「おい、ちょっとあっちへ行ってろよ、男同士の話がある」

近江は邪険に追い払った。

「じつは、重大なことに気がついたのです」

近江が座るのを待ちかねたように、浦上は顔を寄せて、言った。

「例の赤いライターですがね、あれ、高村先生が持っていたはずがないのです」

藪《やぶ》から棒の話に即応できず、近江は目をしばたたかせた。

「何だい、それ、どういうこと？」

「ですから、高村先生が亡くなられた時、ライターを持っていたはずがないのですよ」

「はずがないって言ったって、現実に持っていたんだから、しょうがないじゃないの」

「だから、それがおかしいのです」

「ちょっと待ってよ浦さん、落ち着いて順序立てて説明してくれないと、発狂しそうだ」

「あ、すみません」

浦上はわれに返ったように、水割をひと口飲んだ。

「ニューオータニで瀬川先生と落ち合ったとき、渡辺氏を見たという話をしたでしょう」

「うん、その時ライターを見たっていうんだろ？」

「ええ、それが九月二十二日の晩なんですよね。そして二十七日の朝、そのライターは鳴子で亡くなった高村先生の懐中から発見されたわけです。しかしですね、渡辺氏は二十四日の朝にはすでに西伊豆で殺されていたのです。しかもですね、渡辺氏は二十三日の明け方まで仲間とマージャンをやっていて、それからひと眠りすると言っていたそうだし、それに、実際に〝敵〟に襲われたのはその日の午後らしい。つまり、渡辺氏から高村先生にライターが渡るチャンスはまったくなかったのですよ。

それでも、念のために今日、僕は高村先生のお宅へお邪魔して、妹さんから二十三日前後の先生の様子をお訊きしました。そうしたら、先生はその二、三日前からしきりに『渡辺という人から電話はなかったか』と言っていたそうです。しかも二十三日は一歩も外へ出ないで、その電話を待っていたというのです。だから、あのライターを高村先生が持っているはずがない。ずっと前から何かがおかしいと思えてならなかったのは、そのことだったのですよ」

　浦上は昂奮した口調で、一気に話した。近江が話の内容を正確に咀嚼《そしやく》するのには、少し時間がかかった。

「わかった、すると、ライターを運んだのは瀬川先生だったのかな」

「僕もそのことは考えました。しかし、何のためにそんなことをするのでしょう」

「渡辺氏が殺された事実を立証するためさ」

「しかし、その目的のためなら、身分証明書か名刺入れか、分かりやすい物を見せるでしょう。ライターが渡辺氏の物であることを高村先生が知っているかどうか分からないのですから」

「なるほど、それもそうだな。それじゃ、いったい、どういうわけだろう？」

　近江は困惑した顔を天井に向けた。

「少しこじつけかもしれないけど……」

　と浦上が言った。

「ひとつだけ考えられることはあるのです。高村先生の懐《ふところ》にライターを入れておくことによって、先生を殺した犯人は渡辺氏だと暗示する目的だったかもしれない。実際には西伊豆の犯行が早期に発見されたために効果はなかったのだけれど、もし発見が二、三か月遅れて死亡日時の推定が困難というようなことにでもなっていれば、その狙《ねら》いは図に当たったのではないでしょうか」

「うーん、すごい推理だねえ……、と言いたいが、しかし西伊豆の事件は二十五日には報道されていたのだから、高村さんを殺した犯人がそのことを知らなかったとは考えられないんじゃない？」

「知らなかった可能性だってあるでしょう、現に僕だって知りませんでしたよ。もっとも宮城県あたりの新聞には載っていなかったのかもしれないけど」

「そうか、地方紙には出てないってこともあるか……、そう言えば、牧野氏一派は全員が横手にいたのだしね」

「いや、同行した秘書は三人でしたから、ひとりは議員会館に残っていたんじゃないですか」

「残っていた？　それじゃ、犯人はそいつじゃないの？」

「いえ、その人は井上さんといってかなりの歳《とし》だし、車の運転もできませんよ」

「そうか、しかし、浦さんのいまの推理は当たっているかもしれないな」

「近江さんは、やはり牧野代議士一派が怪しいと……」

「うん、確信してるよ。じつはね、それについちゃ、ひでえ話があるんだ」

近江は宮本文芸部長から聞いた話を再現した。

「おそらく牧野氏は、J—新聞社と東京棋院の両方からカネを受け取っているよ。いや、ウチの社からだって少なからぬ〝献金〟が行ってるはずなんだ。私立探偵の渡辺氏は高村先生からの依頼で瀬川先生の身辺を洗っている内に、その事実を嗅《か》ぎつけたんじゃないかな。だとすれば牧野一派にとっちゃ脅威だからね、即刻、消しちまったとしてもふしぎはない」

「それじゃ、やっぱり新宮君も消されたのじゃないかなあ」

「ふうむ、それはありうるねえ」

「そう思って、少し調べてみたのですよ。あの晩、新宮君が瀬川先生のお宅へ行った時、ちょうど牧野さんが見えていて、新宮君が帰る時に牧野さんの車も牧野さんを残して帰って行ったそうなのです」

「へーえ、そりゃ大いに怪しいじゃない」

「もし新宮君が考慮時間の改竄《かいざん》のことを世間にぶちまけるような惧《おそ》れを感じさせたとしたら、牧野氏は躊躇《ちゅうちょ》なく消しにかかると、僕は思ったのですよ」

「ありうるね、大ありだよ。新宮三段の車を追跡してどこかで停めさせ、例によって後頭部を一撃し、新宮君の車で奥多摩まで運び、自殺を偽装する……。帰りは車を置いて最寄り駅まで歩いて帰ってきたっていいんだ」

「いや、牧野氏のお供は二人でしたから、それは問題ないのですが、しかし、その仮説にも、うまくいかない部分があるのです。それはですね、牧野先生が秘書たちに〝殺し〟を命令した形跡がないのですよ。牧野さんはもちろん、瀬川先生も外へ出なかったそうだし、秘書はずっと路上駐車の車の中にいたそうですから」

「そうかァ……、それじゃ、やっぱり新宮君は自殺だったってことかなあ……」

近江は浮かぬ顔になった。新宮の死が自殺だとなると、その原因は近江が作ったことになる。

「いや、あれは他殺ですよ、絶対に」

浦上は強く主張してみせた。

「それはそうと、浦さん、いよいよ師弟対局だそうじゃないの。そろそろそっちの方に専念しないと、大事な一戦、棒に振ることになるぜ」

「ふふ……」

浦上は妙な笑い方をした。

「それは、期待していてください」

「ほうっ、勝算ありってとこか」

「いや、そうは言ってません。むしろその逆かもしれない」

「なんだい、そりゃ、ばかに意味深長のようだが……」

それには答えず、浦上は近江の顔を見て、気遣わしげに言った。

「近江さん、なんだかひどく疲れてるみたいですね」

「ああ、そりゃたぶん、飲み過ぎのせいだよ。このところ連夜、おけいに通いづめで不味《まず》い酒ばかり飲まされているから」

聞こえたわよ、とカウンターの中からママののんびりした声がした。

「そういう意味じゃねえよ、不遇を託《かこ》ちながら飲む酒は不味いっていうこと」

「大東新聞社は、天棋戦のあと、どうするつもりなんですか」

「ああ、それについちゃ、ちょっとしたニュースがあるんだ」

近江は瀬川が新しい棋戦の申し入れをしてきたことを話した。

「ふーん、瀬川先生がねえ……。全日本囲碁オープン選手権戦ですか……、面白そうですね。しかし、瀬川先生がねえ……」

「やっぱり、あの先生、本質的にはいい人なんだよなァ」

浦上はしばらく考えこんでから、臆病《おくびょう》そうな目をあげて、言った。

「近江さん、われわれの知っていること、警察に届けた方がいいのじゃありませんか」

「ばか言うなよ！」

近江は目を剝《む》いて叱《しか》った。

「ことは浦さんの大切な人に関係する問題だぞ。真相はどうであれ、僕は金輪際、警察なんかに持ち込む気はないからね、浦さんもそのつもりで慎重に行動しろよ。この間だって警視庁が来たことだし、警察もそうそう手抜かりばかりしてるわけじゃないぜ」

「しかし、このままじゃ高村先生や、それに新宮三段だって浮かばれませんよ」

「なんだい、やけに古風なことを言うね。死んだ人は死んだ人、これから先は生きている人のことを大切にすることったぜ」

いささか乱暴な言い方は、日頃の近江の倫理観と合致しない。そのことを知っているだけに、浦上は近江の友情が嬉しくもあり、また、辛くもあった。

3

市ケ谷の棋院会館にタイトル戦なみの観戦希望者が押しかけている。棋院側もそれを予測して、対局室に〝幽玄の間〟を選んだ。この部屋にはテレビカメラの設備があり、対局の模様は三階大広間と二階ホールにあるモニターテレビに映し出される。三三五五、つめかけたファンや報道関係者は、テレビの前の好位置から順にスペースを埋めていった。

瀬川九段と浦上八段による師弟対局は、後にも先にもこれ一回きりではないか、という評判がこの異常人気をひき起こした。

若い打ち盛りの浦上はともかく、今期本因坊戦予選トーナメントにおける瀬川の獅子奮迅《ししふんじん》ぶりは、囲碁人やファンの度胆《どぎも》を抜いた。ことに五回戦で新池八段、準決勝で文野九段という、ともに好調を誇る若手を連破した勢いには、これがあの〝出ると負け〟の瀬川九段か、と目を疑わせるものがあった。

勝負だけの問題ではないのである。碁品というものがある。今は亡き高村本因坊を彷彿《ほうふつ》させる、坊門正統派ともいえる格調の高い碁を瀬川は打ち、そして勝ち抜いてきた。

この瀬川の変貌《へんぼう》に最も驚いているのは、じつは当の瀬川自身かもしれなかった。このところの対局、どれひとつを取ってみても、われながら完璧《かんぺき》の碁ばかりであった。なによりも気力の充実がある。俗に言う〝負ける気がしない〟というヤツだ。（おれは本因坊になるぞ）という意欲さえ湧いた。

瀬川には密《ひそ》かな自覚がある。心理学者ならなんと言うか知らぬが、高村の死が自分の生き方に転機をもたらした、と感じている。驚くべきことに、この歳にしてふたたび、坊門の正統を継ぐ者としての意地が湧いた。高村亡きあとはおれだ――という昂然《こうぜん》たる気概が戦闘意欲を駆りたてた。それは愛弟子・浦上彰夫を決戦の相手に迎えても熄《や》むことがなかった。（不愍《ふびん》だが――）と、瀬川は自分の勝利を疑わない。脳裡《のうり》には、九子を並べて泣いていた当時の浦上しかなかった。


八時四十五分に浦上が入室し、下座《しもざ》に着席、やや遅れて瀬川が現われた。

「やや、タイトル保持者が下座にいちゃ、具合が悪いのじゃないかな」

浦上を一瞥《いちべつ》して、瀬川は立往生した格好で座を笑わせた。

「まあいいじゃありませんか、お師匠さんを下座に据えるわけにもいきませんよ」と、立合人の貝沼九段がとりなし、瀬川もまんざらでない顔をして、座に着いた。

浦上が石を握り、瀬川は黒石をひとつ、盤上に置いた。〝半先〟つまり石数が奇数ならば先番、という意志表示である。石の数は八個あり、浦上の先番と決まった。

定刻、午前九時、

「それでは時間ですので、お願いします」

前田三段が手合時計のボタンを押し、両対局者は一礼を交わした。

浦上は第一手から第五手までの三着手を、いわゆる〝中国流〟に右辺に連打した。その後の進行も中国流独特の展開だが、さして特筆すべき変化もなく、淡淡と進んでいった。

瀬川は浦上の着手を見て案外な気持を抱いた。「実験を……」と言っていた思わせぶりな予告にしては平凡な布石なのだ。〝中国流〟というのはもともと中国の親善囲碁使節団によって紹介された布石法で、その際、対戦した日本チームはアマはもちろんプロ棋士のチームもさんざんな目に遭った。そのために一時期〝中国流〟布石が大流行し、「猫も杓子《しやくし》も」と言われるほどに打たれたが、それだけに研究し尽され、現在ではやや飽きられた感のある布石だ。その布石過程のどこかで〝実験〟を披露するつもりか、となかば期待し、なかば警戒もしたのだが、結局、実験は不発のまま布石段階は完了し、いよいよ中盤の接近戦が始まろうとしていた。

三十二手目を瀬川が打ったところで、昼食休憩に入った。

昼食は両対局者それぞれ、別室で摂った。浦上は意識的に瀬川を避けてそうしたようにも見え、それは師弟という馴《な》れあいムードをきらってのためか、と人びとは思い、瀬川もそう思った。

再開後、浦上はとつぜん、長考に沈んだ。そこはそれほど〝難所〟というわけでもなかったから、瀬川は浦上の長考を奇異に感じながら、いよいよ新手が飛び出すかな、と身構える気分にもなった。

ところが、約一時間かけて放った浦上の着手を見て、瀬川は（なんだ——）と呆れ、浦上の顔をうかがうことになった。

凡手であった。周囲に誰もいなければ「いったい何を考えていたんだ」と怒鳴りつけてやりたいようなところだった。

だが瀬川は慎重に構え、一応の考慮を払って次の手を打った。浦上に大性備わっている鋭さを、誰よりも瀬川は熟知している。意想外な長考を〝凡手〟のためにのみ費やされたとは思わず、その先に何か巧妙な陥穽《かんせい》が仕掛けられているものと用心する必要もあった。

浦上はまた長考し、それにもかかわらず、ふたたび迫力のない手を打った。とたん、瀬川は座り直した。ポッカリ穴のあいたような間隙《かんげき》が、浦上陣の備えの中に生じている。その隙《すき》を衝《つ》くべきいくつもの手段が、つぎつぎに浮かんだ。どれを選ぶか、瀬川は迷った。無意識に煙草を銜《くわ》える。扇子を握り、拇指《おやゆび》に力を籠めて一折分だけ展げすぐにパチンと閉じる作業を続ける。一呼吸の裡《うち》に数十手を読み取り、読み捨てる。二つの手段が残った。ひとつは最も安全確実な途《みち》、もうひとつは厳しいが難解な方策であった。瀬川は後者を選んだ。浦上の応手を見届けたいという興味が、安全策を捨てさせた。もし浦上が最強の手段で応じれば、局面は切迫し、一挙に勝敗が決することになる。その結果に至る諸変化を、瀬川は読み切り、勝利の確信を得たつもりだ。

火も点けなかった煙草を膝元《ひざもと》の灰皿に圧し潰《つぶ》し、その指を碁笥《ごけ》に突っ込み、白石の感触を愉《たの》しんでから、瀬川は盤上に石を運んだ。若者のような気負いをじっと抑えた、静かな動作であった。

瀬川は脇息《きょうそく》に手を置き、上体を反らせて、視線を残したまま、浦上の反応を窺《うかが》った。時間はまだたっぷりある、心おきなく思索するがよい——。

(さあ、どうする——)

と、浦上は無造作に石を抓《つま》み、石音も軽やかに次の手を放った。

瀬川はあっけにとられた。難解も最強も関係ない、浦上の応手は瀬川が読み捨てた凡手の中のひとつでしかなかった。それは意図的に瀬川の闘志をはぐらかすというような目的があって打たれた手ではない。要するに、たんに打った、のである。瀬川は落胆と同時に憤りがこみあげてきた。浦上ほどの打ち手ならば瀬川の打った石を見て、直感的に〝何かある〟と察知するはずだ。にもかかわらず少しの考慮もとらなかったのは、怠慢か、さもなくば瀬川に対する侮辱だ。善意に解釈して、思師への遠慮か気後れだとしても、その無気力を宥《ゆる》すわけにはいかない。

瀬川は表情に不快の色を浮かべ、慍《いか》りをこめて石を打った。臆せず、浦上も打ち返す。石の流れは瀬川の読んだとおりに進行する。いわゆる〝筋に入った〟姿なのである。こうなればもう、変化の余地のない一本道だ。ところがその一本道の途中、妙なところで浦上が長考する。二度、三度、打着のリズムが崩れた。

（おかしい――）

瀬川の勝負一途《いちず》に燃焼していた頭の中に、かすかな疑惑の翳《かげ》が射《さ》した。

局面は圧倒的に瀬川有利の情勢裡《り》に進行していた。ホールのテレビ観戦者たちは、浦上の精彩のなさに失望した。中には「この碁は浦上八段の片八百長《やおちょう》じゃないか」と公然と口にする者までいる始末だ。

瀬川もむろん、自分の優勢を信じている。このまま進めば、早い時期に黒番・浦上の投了という結果は動くまい。

だが、瀬川の動揺はその確信の最中《さなか》にやってきた。

快調なテンポで石を打っていた瀬川の手が、ピタリ、停まった。伏せた眸《め》を半眼に閉じて、瀬川は模索をはじめた。昼食休憩後の長考まで遡《さかのぼ》って、浦上の着手の意味を一手一手、辿《たど》った。

後退して広さを増した瀬川の額に、ふつふつと膏汗《あぶらあせ》が滲《にじ》んできた。

（まさか――）と胸の裡《うち》で強く否定する。その一方に（ついに来たか――）と最悪の事態を認識する声が起こった。浦上の不条理な考慮時間――長考とノータイムの必然性のない反復は、あるひとつの目的を持たないかぎりまったく無意味だ。とすれば、逆にそこには明確な目的と意図が秘められていなければならない。

瀬川はかつて浦上が高村の考慮時間の謎《なぞ》に挑《いど》んだように、浦上の考慮時間を記憶の中から、一手ずつひきずり出した。

昼食休憩直後の三十三手目から、いま打ち終えた七十一手目までを要して、浦上は四つの文字に相当する〝モールス符号〟を打ち出している。いや、厳密には次の七十三手目でノータイム、つまり〝短符号《ドット》〟を打てば、である。その四文字とは「ハ　ン　ニ　ン」であった。

それを判読した瞬間、瀬川は恐怖と絶望感に襲われた。と同時に、この〝はなれワザ〟を演じている愛弟子の天稟《てんぴん》に畏怖《いふ》すらも感じ、思わず浦上の面上に視線を走らせた。

浦上は恐ろしい貌《かお》で盤上を睨《にら》んでいた。それは全精力を傾注しているためである。浦上の思考は二分されている。盤上の変化を読む一方で、長短の符号を誤りなく送り出さねばならない。着手の難易とは無関係に考慮時間を配分する、その作業に神経が擦り減った。浦上は必死だった。必死になればなるほど、表情は硬く能面のように、感情を失ってゆく。瀬川の眸にはそれが不敵な挑戦《ちょうせん》と映った。

時間はぐんぐん経過して、窓の障子が茜色《あかねいろ》に染まりはじめた。

長考の果てに、瀬川は力なく石を置いた。たぎり立つような闘士は失せている。次の浦上の一手はノータイムだろうと予測した。そのとおりに、浦上は一分足らずで難解な手を打った。瀬川もすぐに応じる。その先の符号を確認することが目的で、着手の内容はもはや問題ではなくなっていた。浦上は瀬川が想像するとおりに長短の考慮時間を使い分け、新しい符号を送り出す。

「夕食休憩の時間ですが……」

前田三段が遠慮がちに、言った。両対局者の態度に尋常でないものを感じている。ことに瀬川の着手は支離滅裂になってきた。遠く離れたテレビで盤上の推移だけを観《み》ている連中には、瀬川が発狂したように思えるだろう。断然優勢の碁を、負けるように負けるようにと打っている。盤側《ばんそく》に居る者は、瀬川が真剣な眼をしながらどうしようもない悪手を、それもロクすっぽ考えもせずに打つことに呆然《ぼうぜん》としていた。

「夕食は終ってからでいいでしょう。あとわずかだから」

瀬川はなんでもない事のように、言った。その声で浦上は、ふっと顔を上げて瀬川を見た。瀬川も真直ぐ、こっちを見ていた。優しい、しかし愁いを含んだ表情であった。

「ねえ浦上君、それでいいね」

「はい」

浦上は姿勢を正して、頷《うなず》いた。すでに浦上の持ち時間の切迫していることを、両者とも知っていた。事実、それから三手目を打ったところで、浦上は一分碁に入った。その手を打った時、瀬川は即座に「ありません」と言い、軽く頭を下げた。

浦上の通信は「ハンニンノナマ」と送り、最後に「エ」を示すべき符号「－－－－－」のはじめの二符号を打って、跡切《とぎ》れていた。

午後七時二十分――、碁は瀬川九段の惨敗に終わった。

局後の検討もなく、席を立ちかけた瀬川はふと浦上を見返って、「追いつめられたね」と言った。浦上は黙って師をみつめた。その眸は「どうするつもりですか」と問うているように、瀬川には思えた。

「ついにやったね」

「やりました」

〝おけい〟で祝杯を交わしたあと、浦上は対局の模様を逐一、近江に報告した。

「やった」という言葉には二重の意味が籠められている。本因坊位挑戦者決定リーグへの参入を決めたことと、瀬川への最後通牒《つうちょう》を発したことと、だ。

「どうなるかな、このあと」

「分かりません」

「心配なのは浦さんの身辺のことだ。新宮君の例もあるからね、くれぐれも注意した方がいい。本来なら、今夜あたり出歩くべきじゃないのかもしれない」

「だいじょうぶですよ、瀬川先生は僕を殺したりはしません」

浦上は盤を挟《はさ》んでいる時に自分をみつめていた、瀬川の愁いを含んだ優しい眸を思い出して、言った。

「いや、分からんよ、瀬川先生はともかく、牧野一派が黙っておかないかもしれない」

「そうなったらそうなった時のことです」

浦上は不敵な微笑を浮かべた。

4

少なくとも表面上は平穏な日日が流れていった。

〝全日本囲碁オープン選手権戦〟の構想は大東新聞社上層部でも支持され、棋院側との折衝にとりかかることになり、近江俊介は基本プランの設計に忙殺された。大棋戦の掲載は十一月十五日までで打ち切られ、囲碁欄には当座凌《しの》ぎに、江戸期の名棋譜や単発の対局を掲載している始末だ。新棋戦の開設は急がねばならない。

十二月四日、近江に珍しい訪客があった。鳴子署の加久本巡査部長である。受付からの連絡で、近江が一階ロビーへ降りてゆくと、加久本は四辺に谺《こだま》する大声で「やあやあ」と言い、椅子を立って手を差しのべてきた。

「やあ、しばらくです、どういう風の吹きまわしですか」

近江も笑顔と握手で歓迎の意を表わした。

「警視庁に喚《よ》び出されましてな、昨日上京いたすました」

「警視庁へ？……」

「例の荒雄湖の事件、あれの捜査内容を知りたいつうことで、まあ、その後ずっと継続捜査をしております関係上、自分が最も適していると判断されたようですな」

「警視庁というと、担当は脇田警部補ではありませんか」

「えっ……」

加久本は朴訥《ぼくとつ》な顔を一瞬、引き緊めた。

「よくご存知ですな、すると、こちらへも捜査に？……」

「いや、そうではありませんが、一度だけ会ったことがあるのです」

立ち話もなんだから、と、近江は加久本を喫茶室へ案内した。

「警視庁が動き出したとなると、何か新しい展開でもあったのですかねえ」

「いや、そんなことでもなさそうでした。われわれが地元で克明に調べても分からん事件ですからな、なんぼ警視庁でも無理でしょうや」

（いや、そんなことはあるまい――）と、心の裡《うち》で近江は否定した。脇田の突き刺すような視線をありありと憶えている。あの男なら事件の核心に肉薄したとしてもふしぎではなさそうだ。捜査の手はすでに瀬川のところまで伸びつつあるのではないか……。

「では、いぜん継続捜査は進めておられるのですか」

「もちろんです、自分は片時といえども、あの事件のことを忘れたことはありません」

加久本は気張って答えた。

「それで、その後の情況はいかがです」

「ははは、そう言われると、大《て》した《え》進展はねえのです。まあ、過去の調査の裏付けみてえなことばかしで、じつは今回上京したもう一つの理由もそのクチなのでして。ほれ、あの横手の白タクをやっとった運ちゃん、憶えてねえすか」

「ああ、たしか東京へ逃げ出したとかいう」

「んです、あの運ちゃんに傷害事件の前歴があることが分かったもんで、一応、念のために調べておくことになりまして」

「ほうっ、傷害事件ですか。するとそういう事件を起こしそうな素地は性格的に持っているわけですね」

「いやいや、傷害事件つうても古い話で、その男が高校生の頃の事件ですからな、それで警察の記録にも無《ね》かったようなわけで、なんでも学校の友達が、他校の不良グループにからまれたのを救うために、何人かの相手に怪我を与えたつうことで、非は先方にあったわけでした。しかし、見かけによらず激しい気性であることだけは確かなようで、一度調べた方がええんでねえかと、まあ、そんなようなわけで」

「それで、その男には会えたのですか」

「はい、会えました。その男が東京さ来て身を寄せたのが、むかし救《たす》けた友達のところであることは分かっていましたからな。しかしアリバイもしっかりしとったで、高村さんの事件とは無関係でした。なにしろあんた、それを証明してくれたのが代議士さんですからな」

「代議士？……」

「地元の代議士で、先刻《さっき》言った友達つうのがその先生の秘書をやっておるのです」

「その代議士というのは……」

近江は唾《つば》を飲みこんだ。

「牧野宗一氏ではありませんか」

加久本は目を丸くした。

「へえっ、よくご存知ですなあ……」

「いや、なに、横手で泊まった古坂旅館に牧野代議士の掛軸がたくさんありましてね、それで記憶しているのです」

喋《しゃべ》りながら近江は、すうっと血の気が抜けてゆくような感覚に襲われた。

「そうでしたか、したらその掛軸なるものは大概《てえげえ》宣伝用でしょうなあ」

加久本は屈託がない。

「図星ですよ、女中さんの話では、一晩に二十枚も書いて、各部屋ごとに飾ってあるらしい」

「さもありなん、ですな。田舎の議員さんは地元さべったりくっついてねえと、すぐに票が離れますからなあ、宣伝はする、面倒は見るで、なかなか大変《てえへん》なのです」

「東京だって、本質的にはたいして変わりませんよ」

近江はつとめてどうでもよさそうな素振りを装って訊いた。

「ところで、なんていいましたかね、その運ちゃん……」

「あにすまです、あにすま次郎……」

「あにすまとは、どういう字を書くのですか？」

「え？　あ、こりゃ少し訛《なま》ったですかなや」

加久本は気を悪くした様子もなく、照れ笑いをした。

「あねは姉妹の姉、しまは松島の島、です」

「ああ、姉島《あねしま》ですか」

失礼しましたと笑いながら、近江はなぜか心臓の裏側をくすぐられたような、ゾクッとしたものを感じた。

〝姉島〟という知人はいないにもかかわらず、どこかでその名前を記憶している。そのことが妙に気になった。

列車の予定があるからと、加久本はまもなく引き揚げていった。「冬の鳴子も情緒があっていいもんです」と別れぎわに言った言葉が、近江の旅心をそそった。

デスクへ戻り、煙草に火を点ける。ぼんやりした頭の中に〝四タス一ヒク四、イコール一〟という算式が浮かんだ。

(これしかない――)という着想が、それほどの衝撃も感動も伴わずに浮かびあがったことに、ふしぎな気がした。

姉島という白タクの運転手だった男は、本因坊の事件が起こる五日前、つまり九月二十一日に上京したということであった。

私立探偵の渡辺が消息を絶ったのは、二十三日。

翌二十四日には、牧野代議士一行四人が秋田へ向かう。

そして二十四日朝、渡辺は西伊豆の断崖《だんがい》で殺された。

事件はまさに、牧野一派に姉島という男が接近し、次いで牧野と三人の秘書が秋田へ出発する、そのすれ違いのような一瞬に起きている。しかも殺人現場となった西伊豆が秋田とまったく逆方向であることにも、周到な計画性が感じられた。

牧野一派は姉島という〝動機なき殺人者〟を得たことによって私立探偵の抹殺を決意したのではなかろうか。いずれにしても、姉島が渡辺殺しの実行者であることは間違いないと、近江は思った。

九月二十五日、この事実を伝えるべく瀬川は鳴子へ向かう。もちろん、瀬川には高村に対する殺意などなかったであろう。むしろ盟友高村が事件に深入りしすぎることへの警告を与えたかったに違いない。牧野一派にしても、瀬川の意志を無視してまで高村を殺すようなつもりがあったとは思えない。だいいち、私立探偵の死は彼らと無縁な情況で起きた出来事なのだ。高村を殺す必要性も、その用意もない。

だが、それにもかかわらず高村本因坊は死んだ。あえて言えば殺された、のである。それも、鬼首峠から荒雄湖へ向かって徒歩で数キロも歩くという、不可解な行動を遺して、だ。

そしてあの謎の赤いライター――。

近江は理由もなしに全身の筋肉がこわばってくるような感覚を味わっていた。それは茫漠《ぼうばく》とした霧のような中から、〝何か〟がひとつの象《すがた》をとろうとしていることへの予感がそうさせているのだ、と思った。

無意識の裡《うち》に百円ライターの無骨な発火石を擦った。睫毛《まつげ》を焦がすほどの近さで火が燃えた。

瞬間――。

(なんということだ……)

近江は呆然とした。

(こんな単純なことに、なぜ気がつかなかったのか……)

赤いライターの謎も、高村の行動の謎も、一気に氷解した。

高村が赤いライターを所持できたチャンスは、ただひとつしかない。それはむろん、瀬川が運んだのでもないし、それ以外の誰かの手によって運ばれたものでもない。

ライターは〝車〟が運んだのだ。

浦上から聞いた話によれば、渡辺はお気に入りの赤いライターをいつも玩《もてあそ》んでいたという。おそらく〝敵〟の襲撃を受けた時もそうであったに違いない。そしてその場所が車の中であったとすれば、ライターが車内のどこかに落ちていてもふしぎはない。高村はそれを拾った。

鳴子から鬼首峠を越えようとする、夜の山中で、だ。

まさにその瞬間、高村は〝殺人者〟の手中にいる自分を発見した。高村が急遽《きゅうきょ》、車を脱出したのは、きわめて本能的、反射的な行動であったのだろう。

その車の出発点はもちろん東京だ。いや、さらに遡れば、沼津市郊外にある大瀬の断崖《だんがい》上である。運転手はいうまでもなく、姉島。姉島は私立探偵を断崖へ放棄したあと、東京へ戻り、翌翌日、二十六日に鳴子へ向かい、午後八時前、ロイヤルホテルへ接近した。目的は瀬川九段を迎えて横手・古坂旅館へ連れてゆくためである。だが、姉島は誤って高村を乗せてしまう。この錯覚こそ、瀬川とも高村とも面識のない姉島が〝運転手〟だったことを示す、何よりの証左だ。しかも白タク常習者だった姉島なら夜間、道路の入り組んだ温泉街で一度も道を尋ねることなく、目的の場所へ到着できて当然ではないか。

近江の推理はついに〝本因坊殺人事件〟のすべてを看破した。少なくとも、近江自身はそう信じた。

姉島が運んだ人物が高村だと知った時の牧野一派、それに瀬川の周章狼狽《しゅうしょうろうばい》ぶりが目に浮かんだ。しかもその高村がとつぜん鬼首峠の山中で車を降りたという、この異常な行動は姉島が殺人者であると感づいたためとしか理解できない。彼らはますます周章《あわ》て、姉島の失態を責めたに違いない。しかし誰よりもその事態に驚愕《きょうがく》したのはむしろ姉島本人だったといえよう。姉島は、高村をこのまま見逃すことが自分の破滅を意味すると考えたに違いない。そして高村を追い、殺した。その方法が渡辺の時と酷似しているのも、犯行パターンはくり返されるという、犯罪心理学者の説くとおりだ。

近江は電話をひき寄せ、浦上の番号をダイヤルした。不在であった。棋院の事務局へかけ直す。馴染《なじ》みのある職員の声がした。

「浦上八段の今日の予定、分かりませんか」

「浦上先生なら、熱海ですよ」

「熱海……、対局ですか」

「いえ、なんでも瀬川先生の引退記念とかで、御一門のみなさんで一泊旅行されているのです」

「ホテルはどこか、分かりますか」

「たしか、オーシャンホテルとか……」

話の途中で、近江は受話器を置いた。言いようのない不安感が背筋を奔《はし》った。電話案内で番号を訊き、すぐにダイヤルを回す。

「はい、オーシャンホテルでございます」

「そちらに東京から浦上という人が行ってるはずですが」

「瀬川様御一行の浦上様でしょうか」

「そうです」

「それでしたら、先程お出掛けになりましたけれど」

「どこへ行ったか分かりませんか」

「さあ、もしなんでしたら、グループの誰方《どなた》かにお代わりいたしますが」

「ああ、そうしてください」

少時、待たされて、思いがけず瀬川礼子の明るい声がとび出した。

「あら、近江さん、どうなさったの？」

「お嬢さんこそ、浦上先生とご一緒じゃなかったのですか？」

「ええ、今日は父に取られちゃったんです」

「先生に？……」

「ええ、なんですか、男同士、話しておきたいことがあるとかで。あと四日しかないものだから、心配なんでしょ、きっと」

あっ、と近江はようやく気がついた。四日後の十二月八日、浦上と礼子は結婚する。

「先生と浦上先生は二人だけですか」

「ええ、牧野先生の車をお借りして、どこかへドライブするみたいでしたわ」

「ドライブ……、運転は、すると誰が？」

「代議士の運転手さん、兄島さんとかおっしゃる、新しい方」

礼子も姉島をアニ島と聞き違えている。だが、近江はそれを嗤《わら》うどころではなかった。浦上にいま、絶体絶命の危機が迫っている——。

半四郎落とし

1

熱海から下田へ向かって、伊豆半島東海岸を南下する国道135号線は、変化に富む海岸線に沿って走るため、屈折の多いコースだ。

瀬川と浦上は宇佐美付近まで、ひと言も口をきかなかった。時折、急なカーブを曲がる際など、どうかすると軀《からだ》が触れ合うことがある。とたん、二人同時に、同極の磁石が反発しあうようにさっと離れた。

「ドライブに行こう」と誘ったのは瀬川である。ホテルに着いてまもなく、浦上の部屋に唐突に現われ、そう言った。有無を言わせぬ命令的な口調であった。

ついにきた——と、浦上は瞬間、思った。若干の逡巡《しゅんじゅん》はあったが、拒否する気は起きなかった。イノチまでは……というジョークが頭を掠《かす》めた。瀬川が何を目論《もくろ》んでいるのかは想像もつかないが、最悪、瀬川に殺されることになるなら、それもやむをえまい、と開き直る気持が結局、最後にはあった。

伊東の市街へ入る直前、瀬川ははじめて「そこ、左へ」と言葉を発し、斜め左への道を運転手に指示した。運転手は浦上の知らぬ顔であった。無愛想を通り越して、悪意をさえ感じさせる後ろ姿が気にはなるが、運転の腕前はあざやかで、快適なドライビングであった。

車は漁協や倉庫や海産物商の立ち並ぶ市街地の一角を走り抜けて海岸線を進み、川奈港から一転、急勾配《きゅうこうばい》を山側に登って、さらに台地を南下した。浦上にとっては見知らぬ土地である。通り過ぎる街や地名表示に絶えず気を配り、自分がどこへ運ばれてゆくのかを判断しようとした。

「そこを左へ」

ふいに瀬川が言い、車は少しタイヤをスリップさせながら、窮屈そうな道路へ入った。ほんの二、三〇〇メートル走ったところで道路は行き止まりになり、目の前に〝城ケ崎海岸公園〟の大きな案内図があった。そこはやや広く、十数台分の駐車場になっていて、小型車が二台、並んで駐《と》まっていた。

「人がきてますね」

運転手は東北訛りのある口調で、言った。

「釣り人だろう」

瀬川は答え、自分でドアを開けて降りた。浦上もそれに続いた。西の季節風が吹きはじめていて、陽が照っている割に外気は冷たかった。

駐車場から海の方向へ、土の道が続いている。この付近は常緑の照葉樹が何種類も密生していて、海の色は木の間がくれ程度にしか見えない。

瀬川は先に立って歩きだした。浦上と運転手が等間隔で追随する。時季はずれのせいか観光客の姿もなく、土産物屋も店を閉じていた。

波の音が高まったかと思うとまもなく樹林が切れ、眼下に太平洋が展《ひろ》がっていた。台地はそのままの高さで海に突き出し、先端部は海面に対して直角に屹立《きつりつ》した断崖を形成している。海岸線は波の浸蝕を受けて複雑に入り込み、ある部分では緩斜面を、ある部分では逆にオーバーハング状に海上にせり出していた。この日、西風が小波を沖へ走らせていたが、大きなうねりは間欠的に断崖の裾《すそ》を洗い、そのたびに白い巨大な飛沫《しぶき》の飛ぶのが見えた。

危険個所にはコンクリート製の柵《さく》があって、そこから先へは進めない。浦上は展望のいい場所を選んで、しばらくは目の前の壮大なパノラマに眺め入った。

「どうかね、壮観だろう」

瀬川は浦上の左脇に立って、まるで自分の庭を見せるような誇らしい言い方をした。

「ええ、すばらしいです」

浦上も率直に賞讃《しょうさん》の言葉を発した。しかし瀬川の目的がこの景色を見せるためだけでないことは分かっている。この次には何が起こるのか、緊張をゆるめるわけにはいかない。

「向こうへ行ってみよう」

瀬川は浦上に背を向け、断岸沿いの小径《こみち》を北へ向かって歩きはじめた。浦上、運転手の順は変わらない。運転手は新しく牧野が雇い入れた人間なのだろう、浦上に見憶えはない。そのことがかえって浦上を安心させていた。元からいる秘書兼運転手役の男たちは、今度の事件に関与している疑いが濃厚だ。いくら顔見知りといっても油断がならない。いま後ろから随いてくる男は無愛想だが、それは東北人の特質というものだろう。そしてもっとも危険な相手である瀬川は、むしろ無防備に背を見せている。

(このぶんだと、何事も起こらないのかもしれない——)という想いさえ浮かんだ。

「ここから先のあたりを〝半四郎落とし〟と称《よ》んでいる」

瀬川は振り向いて、目の前の、陸へ向かって弓状にくい込んだ険阻な断崖を指さした。その付近だけ、崖の底が磯状《いそじょう》になっていて、寄せ返す潮が絶えまなく白い泡を噴き上げている。

「昔、半四郎という漁師が向こうの岬へ行こうとして、この崖《がけ》から落ちたという伝説か実話かがあるらしい」

「〝落とし〟というと、誰《だれ》かに突き落とされたようですが」

「いや、落ちたのだそうだ。それを落としと言ったあたりに、漁民たちの海や波への畏怖を感じるな。巨大な力には抗しきれない人間の弱さを弁《わきま》え、その領域を越える冒瀆《ぼうとく》を厳に戒める、それは教訓として作られた話かもしれない」

瀬川は比喩《ひゆ》的《てき》な意図を籠《こ》めて言っているのだろうか。浦上は瀬川の横顔に視線を送ったが、そこまでは判断できなかった。

柵内の小径はそこから左へ、森の中へと入ってしまう。それとは別に、細い踏み跡のような道が、断崖と森のあいだの隙間《すきま》をたよりなげに、岬方向へ続いていた。

「岬へ行こう」と瀬川は言った。

「きみが先に立ちなさい」

浦上は師をみつめた。瀬川も、自分より少し上背のある弟子を見返した。

潮騒《しおさい》が足下を数回、往き来するあいだ、二人の姿勢は崩れなかった。

やがて浦上は瀬川と海のあいだを通って、崖上の道を歩きはじめた。そのあとを瀬川ではなく、運転手が追随した。

浦上は背後を振り向かなかった。怖れはすまいと覚悟を決めたが、全身の重心を陸側に預けようとする意志が常にはたらいた。

〝半四郎落とし〟を半分ほど進んだあたりで、随っている運転手が歩速を速め、みるみる浦上に接近した。運転手の拳《こぶし》はいつのまにか石塊《いしくれ》を摑《つか》んでいた。その腕が振り上げられた。

2

浦上は背後に「グシャ」というような不快な音を聞いた。振り返ると、運転手が踞《うずくま》るようにして倒れ、そのすぐ向こうに瀬川が佇立《ちょりつ》していた。瀬川の手には石が握られ、運転手の頭には血が滲んでいた。

「先生!」

浦上は愕《おどろ》いて叫んだ。

「これは、いったい……」

「この男はいま、きみを殺そうとした」

瀬川は運転手を見下ろして、無表情に言った。

「もっとも、それを命じたのは、このわたしだがね」

物憂げに、手にした石を海へ投げ捨てた。石はすぐに視界から消え、足の底からかすかな衝撃音が響いてきた。

「これで何もかも終わる」

瀬川はぽつんと、呟《つぶや》くように言った。全身の力が抜け、立っているのが辛《つら》そうに、傍らの岩に腰を下ろし、「きみも座らんか」と言った。

「しかし……」

浦上は足下の運転手と瀬川とのあいだに視線を往復させた。運転手は弱弱しく呼吸をしているが、ほとんど軀は動かない。頭の怪我はそれほど切れていないのか、血が大量に流れ出すほどのことはなかった。

「放っておきなさい」

瀬川は冷淡に言った。

「きみを殺そうとした男だ。それに、すでに三人も殺している」

「すると、この男が……」

「そうだよ、すべての殺人の実行者だ。ただし、共犯者はわたしを含めて他にもいるがね」

「牧野代議士、ですね」

「うん、それと、四人の秘書も関わった」

「しかし、なぜ、そんなことを……」

「元はといえば、天棋戦移行問題が発端だ。そのことはきみも察してはいるのだろう？」

「ええ」

「あの問題については、すべての根回し作業が順調にいった中で、高村さんひとり、どうしても納得してくれなかった。そればかりでなく、わたしが何故《なぜ》移行工作に執心するのか疑問を抱いて、私立探偵を使って背後関係を探ろうとしたのだ」

「そのことは私もふしぎでなりません。なぜ先生は重大犯罪まで犯して、天棋戦を移そうとされたのですか」

「いや、犯罪を犯すつもりなど、むろんなかったさ。事件はまったく不測の出来事だったのだ。しかし、きみの疑問に答えるのは後回しにして、事件の経過の方を話しておこう」

瀬川にうながされて、浦上も腰を下ろした。二人の中間には、瀕死《ひんし》の運転手が重い荷物のように置かれている。

「私立探偵の渡辺という男から牧野代議士のところへ電話がかかったのは、九月二十二日の晩だったと思う。天棋戦問題の黒幕が牧野氏であることをつきとめ、ゆすりをかけてきた。牧野氏は談合に応じて、すぐに渡辺と会った。その時、渡辺は高村さんが調査の依頼人であることをまず、喋った。それは彼の保身策だったと思う。自分を消せば高村さんが動くということを暗に示したつもりなのだろう。それはたしかに賢明なことだったかもしれない、しかし、最初は穏やかに話し合うつもりだった牧野氏が最後には激昂《げっこう》して『貴様のようなヤツは生かしては置けぬ』と言ったそうだ。もっとも〝話し合い〟に示した渡辺の要求金額がベラボウだったから、それは当然の憤りとも言える。また、そんなふうに脅せば渡辺が妥協するという狙《ねら》いもあっただろう。

ところが、この牧野氏の不用意ともいえるひと言が、たまたま隣室にいたこの男の耳に入った。そうだ、この男のことはきみはよく知らなかったな。この男は姉島といい、秘書の秋草君を頼って上京してきた人物だ。牧野氏の車は、きみも知っている高橋君が体をこわしてからずっと、秋草君や他の秘書たちが運転手役を兼務していたから、姉島の出現はタイミングがよかった。姉島の方も代議士のお抱え運転手になれるとは思ってもいない幸運だったらしい。何か手柄を樹《た》てて、早く恩に報いようという気持がはたらいたこともたしかだろう。

翌二十三日の夜、渡辺を迎えに行った際、姉島は口論のあげく車の中で渡辺を一撃し、気絶するほどの怪我を負わせた。こうなった以上、私立探偵を消す以外、方法はない、という秘書たちの一致した意見を聞いたあとで、牧野氏はわたしに電話をかけて寄越した。わたしにもそれなりに腹を据えてもらいたいという意味のことを言った。わたしもそれを了解した。ただし高村さんへの説得はわたしに任せて、絶対に手を出さぬよう、約束させた。そして私立探偵の〝処理〟の場所として、西伊豆の断崖《だんがい》を教えてやった。牧野氏はそのとおりに対処方を講じ、二十四日、秋田へ向かって発《た》って行った。

二十五日の朝刊で、わたしは西伊豆で殺人事件があり、身元は不明だという記事を読んだ。その新聞を持ってわたしは鳴子へ向かった。地方紙にはその程度のニュースだと載らない可能性があるからね。

鳴子のホテルに着いたのは、丁度、第一日目の昼食休憩の頃《ころ》だった。高村さんはわたしの顔を見るなり、自分から昼食を共にしようと誘ってくれた。天棋戦の契約更改の申し入れを二十五日前後に行なう予定だと伝えてあったから、そのことを訊《き》きたかったのと、やはり、とつぜん消息を絶った私立探偵について虫の知らせのようなものがあったらしく、そのことを執拗《しつよう》に訊いてきた。

わたしは、重要な対局のさなか、高村さんの平静を乱すような情報を伝えるべきかどうか、迷った。しかし、もし高村さんが無闇に騒ぎ立て、渡辺の行方を追い求めるようなことをすれば、何もかもが破局に向かってつっ走ってしまう。そのことをわたしは惧《おそ》れ、新聞記事を見せた。

高村さんは思ったより冷静に、わたしの話を受けとめてくれた。彼にしても、思うことはわたしと同じだ。空前といわれる現在の棋界の繁栄を崩壊させたり、社会的に一応の評価を受けている棋士のイメージに泥を塗るような結果は招きたくない。それに渡辺という悪徳私立探偵に調査を依頼した点は、高村さんの失敗でもあった。

高村さんは事件の隠蔽《いんぺい》に協力する代わりに、天棋戦の移行工作は中止するよう、条件を示した。これはしかし難題だった。契約更改の申し入れはすでに前日、大東新聞社に口頭で行なっていたが、そのことより何より、もはや止めようのない大きな力が動いていたからだ。わたしはそのことを言い、それでもなおその力に抗しようとすれば、あなたの生命が保証できないと警告した。心底、わたしはそれを惧れていた。だが、『死は怖れない』と高村さんは言った」

瀬川は言葉を跡切《とぎ》らせ、暗い眸を空へ向けた。上空には靄《もや》のような灰色の雲が湧《わ》いていた。風の方向が変わるらしい。

「高村さんの死もまた、不測の出来事だった。あの晩、わたしは横手にいる牧野氏と会い、大東新聞社との話し合いの内容を伝え、翌日は地元の好棋家と交流する予定になっていた。それは牧野氏の選挙運動の一助になるということだったのだ。

牧野氏からは、『姉島という男が車で迎えに行く』という連絡があったから、わたしは湯へも入らずに待機していた。だがそこで思いもかけぬ手違いが発生した。姉島運転手がわたしと間違えて、高村さんを運んで行ってしまったのだ。そのことは、九時を過ぎても迎えの車が来ないのが気になって、わたしが横手の牧野氏に電話をしたことから分かった。牧野氏は急遽、秘書を外へ出し、車を道路上で押さえさせた。だが車には高村氏の姿はなく、しかも、山の中で異様な降り方をしたという。それはきわめて危険な兆候だと判断された。とりわけ姉島運転手は狼狽したらしい。たいへんなミスであるし、何よりも、渡辺殺しを察知されたのではないか、と惧れたようだ。別に理由があったわけでもないのだが、それほど異常な高村さんの態度だったということなのだろう。

姉島はすぐにUターンして、鬼首峠から鳴子へ向かって歩いていた高村さんを捕捉、背後から殴打して気を失わせると、車で荒雄湖畔の橋まで運んで、湖の中へ落とした。これが高村さんの死の真相だよ」

「先生は先刻、姉島が三人を殺したと言われましたが、だとすると、新宮三段の事件もやはり殺人だったのですか」

「ああ、そうだ。指示したのは牧野氏だがね。私は止めようとしたのだが、すでに命令したあとで制止することができなかった」

「しかし、牧野さんはあの時、新宮君が先生のお宅を出るまで、ずっと部屋におられたそうじゃありませんか。どうやって指示を与えたのです？」

「なんだ、そんなことも分からなかったのかい」

瀬川はまるで指導碁の際に弟子を叱《しか》る時のような皮肉な目付きで、浦上を見た。

「牧野氏の車には電話が付いている」

「あ……」

あまりのあっけなさに、浦上は開いた口がふさがらない想いがした。

「さて、それではきみが最初に質問したことに答えるとしようかな」

瀬川は完全に平常心を取り戻しているように見える。

「今日、きみをここへ連れ出した目的は四つある。ひとつは、この男に死んでもらうこと。ふたつめは、事件の真相を話すこと。そして三つめが、これから話すことだ。まず、わたしがなぜ天棋戦移行工作などという柄にもないことに執心したか。それは単に牧野氏の希望……というより、命令に従ったにすぎない。では、なぜ従わざるをえなかったかというと、それは、彼にわたしの弱点を握られていたからなのだ」

「弱点……、ですか」

「ああ、弱点だ。わたしの最大の弱味だ」

瀬川はなんともいえぬ寂しい顔になった。

「浦上君、きみは礼子を愛していてくれるかね」

「え、ええ、もちろんです」

不意を衝かれて、浦上はまごついたが、眸は真直ぐ瀬川に向けられていた。

「たとえ父親がどんなに愚かで、悪い人間でも、かね」

「はい、私の気持に変わりはありません」

「そうか、それならばよかった」

瀬川は大きく息を吐いた。

「それでは言うが、じつは礼子の本当の父親はわたしではない」

「なんですって……」

浦上はあっけにとられた。

「それは、どういう意味ですか」

「意味もなにも、言葉どおりだ」

「しかし、それじゃ、いったい……」

「本当の父親は、牧野宗一氏だ」

感情を圧《お》し殺した声で、瀬川は言った。

「二十数年間、胸に蔵《しま》ってきたことを、はじめてきみに言う。この事実を知る者は、わたしときみと、それから牧野氏の三人だけだ。礼子自身も知らない。いや、知られないために、わたしは自分の血液型さえ偽ってきた。

昭和十八年、わたしはわたしの後援者であった本田伯爵の二女・誠子と結婚した。しかしその直後、わたしは応召し、ニューギニアの奥地で終戦を迎えることになる。マラリアに罹《かか》り、とても生きて還れるとは思えなかったが、終戦後まもなく無事帰国することができて、ふたたび誠子との生活がはじまった。戦後の生活は楽なものではなかった。伯爵家はいわゆる斜陽族の仲間入りをして、とてものこと、われわれの窮乏を顧みる余裕などなかった。そんなとき、時流をうまく摑み、みるまに財を成した男がいた。それが、かつて本田家の書生を務めていた牧野宗一だったのだ。

牧野は本田家ばかりでなく、われわれ夫婦の面倒を見てくれ、頼り甲斐《がい》のある男だった。妻とわたしとはひと回り歳《とし》の差があるし、誠子はわたしよりむしろ、幼い時から馴《な》れ親しんでいた牧野の方に親近感を抱いているように思えた。それに、牧野が時折運んでくる食料品や舶来品などは、生来、驕奢《きょうしゃ》な育ち方をしてきた誠子にとってどれほど魅力的だったか、想像に難くない。

しかしわたしは、牧野と誠子が特別な関係を持つなどということは夢にも考えなかった。寺の子として生まれ、早くから本因坊秀哉先生の内弟子として育ったわたしは、誠子を娶《めと》るまで女性に触れたことがない。そういう意味では、まったく面白味のない男だったかもしれない。だから、対局などで留守がちのことが多く、留守中に牧野が訪ねてきていたと美代が注進におよんでも、深く考えようともせず、『留守して気の毒なことをした』などと見当外れのことを言っていた。

その内に誠子が妊娠した。長いあいだ子ができないのを気にかけていた誠子は、有頂天でわたしに報告した。私はその時、喜ぶのと同時にかすかな疑惑を抱いた。なぜなら、わたしはマラリアの高熱に冒された結果、子をつくる能力のない軀になっていると診断されたことがあるからだ。しかし誤診ということもある。生まれてみれば何もかも分かることだ、と思い直した。

礼子が生まれてまもなく、わたしは礼子の血液型がまったく存在してはならないものであることを知り、激怒し、妻を『売女《ばいた》め』と罵《ののし》った。牧野を呼びつけ、二人に関係のあったことを認めさせ、さらに面罵《めんば》した。

翌朝、妻は首を縊《くく》って、死んでいた。遺書はひどく短いものだった」

瀬川の言葉が跡切れた。浦上は顔をあげることもできず、重く垂れこめてきた雲が鈍色に映る海面をみつめていた。

「それからのわたしの生活は、荒れに荒れた。最愛の妻を死に追いやったのは自分だ、という想いを消すために酒を飲み、その酒が妻の幻影を呼んだ。碁は打つことは打ったが、ただの惰性にすぎず、もちろん勝てるわけもなかった。

そんな日日の中でも、礼子はいつのまにか成長していった。ある日、わたしは座敷の向こうから、おぼつかない足取りで歩いてくる礼子を見て、その顔が妻に生き写しなのに気がついた。たったそれだけのことで、わたしは辛くも立ち直った。

それからのことは言う必要もないだろう、わたしは礼子を育てることと、さみのような英才を育てることに生涯をかける決意を固めた。そのためには棋道の上の名誉は放棄しても惜しくなかった。そしてようやくその願望が実を結びかけた時、牧野が難題を持ち込んできたのだ。

妻の死があった後も、牧野はわたしから離れていこうとしなかった。むしろ、贖罪《しょくざい》のつもりでもあるのか、わたしや棋界のためにいろいろ力を尽くしもした。わたしはそんな牧野を一応、宥《ゆる》すことにした。もっとも、もし事を荒立てて、牧野の口から礼子の秘密が明かされるような結果になるのを惧れる気持があったことも事実だ。

牧野はいまや保守党の領袖《りょうしゅう》の位置にあり、やがて総裁候補のひとりに数えられる存在にまでのしあがっている。その牧野がたいへんな低姿勢で『天棋戦の移行に力を藉《か》してくれ』と頼み込んできた。むろん、わたしは断わった。しかし最後には彼の意志に従うほかはなかった。牧野は卑劣にも、礼子のことを持ち出したのだ。じつに執念ぶかい言い回しで、礼子の出生の秘密を話題にした。正直、わたしは震えあがったよ」

瀬川は掠《かす》れた声で笑い、それをきっかけのようにして、ゆっくりと起ちあがった。まるで死期の迫った聖者のように悲劇的で崇高な貌《かお》をしていた。

「さて、そろそろ四番目の仕事にかからねばならない」

窪《くぼ》んだ眼窩《がんか》の底から、厳しい眸が浦上を見下ろした。

「じつは昨日《きのう》、警視庁の刑事が訪ねてきた。たまたま所用のあった時で、長い尋問にはならなかったが、何事かを嗅《か》ぎつけたことはたしかだ。さすがに牧野代議士の身辺を洗うところまではいっていないようだが、証拠が揃《そろ》えば、東京地検の特捜部が動き出すだろう。その流れは断ち切らなければならぬ。そのためには二人の犠牲者が必要だ。それによってすべての捜査の糸口は断たれる」

瀬川はしゃがみこみ、姉島運転手の両脇《りょうわき》に腕をつっこむと、信じられぬ力で抱き起こした。

「この男には女房子供がいるそうだ。もし殉職ということになれば、かなりの見舞金が棋院からも出るだろう」

その言葉の持つ意味に、浦上は愕然《がくぜん》として起った。

「先生!……」

「そこを動くな!」

瀬川はすさまじい声で叱咤《しった》した。

「いいかね、きみは警察の事情聴取にこう答えなさい。まず、わたしが立ち昏《くら》みをして崖から落ちかけた。それを助けようとして抱きついた姉島も、諸共《もろとも》、足を踏み外して転落した、とね、それですべてが終わる」

瀬川は浦上と対峙《たいじ》したまま、姉島をひきずって、ゆっくり後ずさった。

「先生、やめてください！」

浦上は身を揉《も》んだ。

「きみは本因坊になるべき才能の持ち主だ。若い頃の高村さんとじつによく似ている。過去のことはすべて忘れて棋道に専念するがよい。牧野氏のことも、許してあげなさい。わたしが皆の罪を背負って行く、それを信じることだ」

それから瀬川は、苦しそうに顔を歪《ゆが》めた。

「きみと礼子の晴れ姿を見られないのが、残念だよ。礼子のこと、よろしく頼む……」

すうっと、瀬川と姉島の姿が奈落《ならく》へ沈みこむように、視界から消えた。何か叫び声が聞こえたような気がしたが、それは浦上自身が発したものかもしれない。

浦上は全身をこわばらせ、ひざまずいて慟哭《どうこく》した。東南の湿った風が、海の底から吹き上げてきた。

エピローグ

伊東署の外灯に明りが入った。近江俊介はコートの衿《えり》を立て、ぶるんと震えた。それから踵《きびす》を返して、玄関への階段に足をかけた。何度、そうやって署内との往復をしたか分からない。

縁の欠けた石段を三歩上がった時、ドアが開いて浦上が現われた。近江は足を停《と》めた。浦上も階段の上で動かなくなった。感情という感情を全部なくしてきたような顔で、また新しい泪《なみだ》を流した。近江はしっかりと足を踏みしめながら、浦上の位置まで上がった。

「おい、行こうや」

コートのポケットに手を入れたまま、突慳貪《つっけんどん》な言い方をした。歩きだすと、浦上も黙って随った。警察署から街の中心へ向かって五〇メートルほどのところに、さびれた喫茶店があった。

「事故、のあらましは、熱海にいる通信員から聞いたよ」

向かい合って座るなり、近江は言った。

「各紙とも事故扱いで、しかも姉島運転手を美談風に書きたてているらしい」

「そうですか……」

「すべて警察発表どおり、つまり、浦さんの供述どおりってわけだ」

コーヒーが運ばれてきて、会話は中断した。客は他にもう一組、反対側の壁際にいて、何やらぼそぼそと話し込んでいる。

「それで、真相はどうなの？」

浦上はチラッと背後に視線を投げてから、低い声で〝事故〟の経過を語った。

「そう……、やはりね……」

近江は頷《うなず》き、しばらく沈黙してから、

「感動したよ」と、少し声を大きくした。

「いかにも瀬川先生らしいじゃないの、浦さんはいい師匠に恵まれたのだ」

「そうでしょうか」と浦上は首を振った。

「ぼくはかならずしも、先生のことすべてを宥すわけにはいかないと思うのです」

「ばかな！」

近江は低声で怒鳴《どな》った。

「瀬川先生は一切の責を負って、死んだ。それ以上、何を言うことがあるのさ」

「しかし、高村先生や新宮君の死が消えるわけではないです」

「そうか、そうか……」

皮肉っぽく唇の端を歪めて、嗤《わら》った。

「それじゃ、浦さんはどうすりゃ気が済むというんだい。一切をぶちまけて、牧野一派をイモづる式におナワにし、瀬川先生に犯罪者の汚名を着せるか。それで気が済めばそれもいいだろう、礼子さんの悲劇的な将来など、問題ではないしな」

「近江さん……」

「潔癖は浦さんの美徳だけどさ、それも時によりけりだよ。それに……」

近江は背広の内ポケットから、かなりよれよれになった棋譜のコピーを引っ張り出した。

「瀬川先生は、じつはかなり早い時点で、われわれに犯人の名を告げているんだぜ。それにまったく気付かなかったのは、われわれの不明であって、先生としてはそれなりに苦しみもし、なんとか犯罪の進行に歯止めをかけようとしていたに違いないんだ」

テーブルの上に展げられた棋譜を見ても、浦上には近江の意図が分からない。

「ぼくはね、瀬川先生の改竄《かいざん》と暗号文に気付いた時から、漠然とした疑問を抱いていたのだが、いったい、瀬川先生はなぜ、この六個所を改竄の場所として選んだのかだね。他の場所でもいいし、四個所でもよかったのではないだろうか、と思った。もしかするとこの六個所を改竄することによって、高村先生の発した暗号、『ハンニンワセカワニキケ』に対する答えを示したのではないか、という考えがあった。

　しかし実際にやってみると、どうもよく分からない。改竄した場所は『ハ』『ン』『ン』『カ』の四文字に相当する部分で、それぞれ、改竄した結果、『マ』『シ』『ア』『ネ』に変わっているわけだが、『マシアネ』、これでは何のことやら、さっぱり意味が摑めない、と諦《あきら》めていた」

「あっ……」と、浦上が顔色を変えた。

「姉島……か……」

「そうだ、姉島を意味していたのだ。あの時点では瀬川先生は姉島のことは名前しか知らない。しかしともかく、その男が犯人だという事実は知っていた。棋譜に名前を記録することによって、坊門の畏友《いゆう》・高村本因坊の問いかけに応《こた》えようとしたのではないだろうか。そのことに、ぼくは瀬川先生の良心の精一杯の抵抗を感じとったよ」

　浦上はテーブルの上から棋譜を拾いあげて、第一手から順に、高村との闘いの軌跡を辿《たど》った。頭の中に盤を挟《はさ》んで対峙する高村の端正な姿が浮かんでくる。その姿はいつのまにか恩師・瀬川にすり代わっていた。本因坊家直門の二巨星はあいついで墜《お》ちた。いま坊門の流れを汲《く》む者は自分ひとりだ、という感慨が起こった。

　浦上は手にした棋譜を丁寧に畳むと、黙って近江の掌《て》の中へ返した。

解説

郷原　宏

推理作家には碁の好きな人が多い。毎年行なわれる文壇名人戦には、三好徹、斎藤栄、結城昌治といった人たちが顔をそろえ、四百字詰めならぬ三百六十一路の盤上で熱戦を展開している。本書の著者内田康夫氏も、栄光出版社版の「作者のことば」で「いささか囲碁を嗜《たしな》む」と書いているところから見て、おそらく相当の打ち手だと思われる。酒もそうだが碁の場合も、自分でつよいという人に余りつよい人はいない。「いささか」などといっている人に、意外な実力者が多いのである。

私の知る限り、推理文壇で最強の打ち手は、海外ミステリー研究家の各務三郎氏である。この人は、いわゆる県代表クラスの実力の持ち主で、何度も文壇名人位を獲得している。しかし、世間は広いから、読者のなかには、もっとつよい人がたくさんいるにちがいない。各務氏にいつも軽くひねられている当方としては、そうとでも考えなければ腹の虫がおさまらないのである。

冗談はさておき、一般に囲碁ファンには推理小説の好きな人が多く、また推理小説ファンには囲碁の好きな人が多いようである。私はよく新宿の碁会所へ出かけるが、そこで手合がつくのを待って本を読んでいる人の手元をのぞいてみると、たいていは推理小説である。つい先日も、碁を打ちながらディック・フランシスの競馬ミステリーについて議論をたたかわしている人がいた。碁を打つときぐらいは、ほかのことは忘れて熱中すればよさそうなものだが、そういう人に限って手が見えるものらしく、フランシスの小説に劣らず堅実で味のある碁を打っていた。

ここまでいえばおわかりのように、碁と推理小説のあいだには多くの共通点がある。どちらも筋と読みの深さが決め手で、至るところにハメ手や落とし穴が待ちかまえており、定石通りではおもしろくないが、さりとて定石を知らなければ、文字通りお話にならない。最初はバラバラで無関係に思われた石が、打ち進めるに従ってひとつにまとまり、やがて明確な形をとるところもよく似ている。なによりも両者には、死ぬ、生きる、殺す、助ける、切る、逃げるなど、共通の用語が多い。考えてみれば、われわれはずいぶん殺伐なゲームを楽しんでいるわけだ。

しかし、碁と推理小説の最大の共通点は、何といってもその論理性である。江戸川乱歩は、かつて推理（探偵）小説を定義して「主として犯罪に起因する難解な秘密が、論理的に、徐々に解かれていく径路の面白さを主眼とする文学である」と述べたが、この「犯罪に起因する」という部分を除けば、これはそっくりそのまま囲碁にもあてはまる。名探偵が事件にまつわるさまざまな資料や条件を吟味し再構成しながら、徐々に真犯人を割り出していくように、碁打ちもまた相手の仕かけた謎を一つひとつ推理によって解明しながら勝利という名の最終的な解決をめざす。この場合、読者すなわち観戦者の側からいえば、仕かけられた謎が難解であればあるほど、またその結末が意外であればあるほどおもしろいということになる。

このように、碁と推理小説のあいだには切っても切れない縁があるのだが、にもかかわらず、あるいはむしろそれゆえに、碁をテーマにした推理小説は、ほとんどといっていいほど書かれていない。一般小説では、川端康成に『名人』という傑作があり、また評伝の分野では、三好徹氏が『五人の棋士』というすぐれた棋士論を著しているが、推理小説に関しては、斎藤栄氏の『直夜中の意匠』に碁の好きな刑事が登場する程度で、質量ともにまったく不作なのである。囲碁人口は一説に二百万人といわれる。二百万人といえば、競馬人口や映画人口にもひけをとらない。競馬ミステリーやトラベルミステリーがこれだけ隆盛をきわめているのに、囲碁ミステリーというジャンルがないのは、碁好きの作家たちの怠慢《たいまん》だといわなければならない。

　しかし、囲碁ファンの欲求不満は、本書の登場によって一挙に満たされたというべきである。これは待望久しき本格的な囲碁ミステリーであり、これまでの不作を補って余りある力作である。囲碁ファン兼推理小説ファンの一人として、これをきっかけに続々とすぐれた囲碁ミステリーが書かれ、推理小説の本因坊戦がたたかわされることを願ってやまない。

　さて、本因坊といえば、棋聖・名人と並ぶ囲碁界三大タイトルのひとつである。もともとは江戸幕府の碁所《ごどころ》、つまり碁の家元の称号で、京都寂光寺の塔頭《たっちゅう》本因坊の住職だった算砂《さんしゃ》（一五五八—一六二三）という人が興したところから名づけられた。本因坊家は永らく世襲制をとっていたが、昭和十四年（一九三九）に第二十一代本因坊秀哉が引退したあと日本棋院に引き渡され、本因坊戦の勝者に与えられることになった。だから、現在では一人の棋士が棋聖、名人などと本因坊を兼ねることもある。

　本書は、こうした囲碁界を背景に、天棋位決定七番勝負のさなかに起きた本因坊高村秀道ら三人の連続殺人事件の謎を、当の挑戦者である天才棋士と主催紙の観戦記者が協力して解明するという本格推理小説である。主要な登場人物はすべて囲碁界の関係者、メイントリックは棋譜のなかに隠されており、しかもそれを解くのが棋士と観戦記者というのだから、これこそまさに純度百パーセントの囲碁ミステリーといえるだろう。

主人公の浦上彰夫は二十九歳。十一歳で瀬川九段に入門、二十一歳で独立するまで十年間は内弟子として過ごした。十五歳で初段になり、五段までは毎年昇段というスピード出世を記録して、高村本因坊の再来とうたわれた。ちなみに高村と瀬川は秀哉門下の兄弟弟子で、いまは碁界の長老的な位置を占めている。

瀬川には礼子というひとり娘がいて、浦上と相思相愛の仲。二人はいずれ結婚して瀬川家を継ぐものと周囲からは見られている。そして浦上は、今期、天棋戦の挑戦者決定リーグを七戦全勝で勝ち上がり、敬愛する高村本因坊（天棋位保持者でもある）に七番勝負を挑むことになった。すでに三勝二敗と勝ち越して高村をカド番に追い込み、第六局の舞台である宮城県鳴子温泉にやってきた。

こうして対局が開始されたが、第一日目の午後から本因坊の着手に乱れが生じた。慎重に考慮すべき場面で早打ちし、逆に決まりきった場面で長考する。そして二日目にはポカが出て形勢を損じ、夕刻までに時間を余して投了してしまう。観戦記者の近江が不審を感じて理由を調べようとしていた矢先、近くの荒雄湖で本因坊の水死体が発見される。状況は自殺を示していたが、近江にはどうしても信じられない。それからまもなく、天棋戦の記録係をつとめた新宮三段が東京の奥多摩渓谷で変死体となって発見され、事件は思わぬ方向に発展していく。

すでにデビュー作『死者の木霊』（一九八〇）で本格派のストーリーテラーとしての本領を発揮していた内田氏は、この長篇第二作で登場人物の造型にさらに生彩を加え、緊密でしかも奥ゆきの深い小説世界を作り出している。ことに主人公が棋譜のなかに隠された死者のメッセージをさぐりあて、それを解明するくだりには、囲碁ファンならではの創意と工夫がこらされていて、相当に推理小説を読みこんだ読者でも、思わず膝を叩くにちがいない。碁でいえば、これはまさに天来の妙着であり、歴史に残る一石である。こういう手は、努力だけで打てるものではない。とすれば、天才棋士浦上彰夫は、作家としてのスピード昇段記録を作りつつある内田氏自身の投影ではないのだろうか。

——作家

浅見光彦倶楽部《あさみみつひこくらぶ》について

「浅見光彦倶楽部」は、1993年、名探偵・浅見光彦を愛するファンのために誕生しました。会報「浅見ジャーナル」（年４回刊）の発行をはじめ、軽井沢にあるクラブハウスでのセミナーなど、さまざまな活動を通じて、ファン同士、そして軽井沢のセンセや浅見家の人たちとの交流の場となっています。

◎浅見光彦倶楽部入会方法◎

詳細をお知りになりたい方、入会をご希望の方は、80円切手を貼り、ご自身の宛名を明記した返信用封筒を同封の上、封書で下記の住所にお送りください。「浅見光彦倶楽部」への入会方法など、詳細資料をお送りいたします。内田先生へのファンレターの取り次ぎも行っています（必ず、封書の表に「内田康夫様」と明記してください）。

※なお、浅見光彦倶楽部の年度は、４月１日より翌年３月31日までとなっています。また、年度内の最終入会受付は11月30日までです。12月以降は、翌年度に繰り越してのご入会となります。

〒389－0111
長野県北佐久郡軽井沢町長倉504
浅見光彦倶楽部事務局

※電話での資料請求はお受けできませんので、
必ず郵便にてお願いいたします。

この作品は一九八一年十月栄光出版社より刊行され、一九八四年七月エイコー・ノベルズ、一九八五年四月角川文庫に収録されたものです。

本因坊《ほんいんぼう》殺人《さつじん》事件《じけん》

内田康夫《うちだやすお》

平成18年10月10日　初版発行
平成27年11月20日　2版発行

発行人――石原正康
編集人――菊地朱雅子
発行所――株式会社幻冬舎
〒151-0051東京都渋谷区千駄ヶ谷4-9-7
電話　03(5411)6222(営業)
　　　03(5411)6211(編集)
振替00120-8-767643
印刷・製本―中央精版印刷株式会社
装丁者――高橋雅之

幻冬舎文庫

ISBN4-344-40845-4　C0193　　う-3-5